JN144238

青春の彩り

あゝ懐旧の花散りて

鈴木健二
Suzuki Kenji

CYZO

青春の彩り

―あゝ懐旧の花散りて

DTP － 櫻田浩和
装画 － 福々ちえ
装幀 － Malpu Design（清水良洋）
編集協力 － 夏目書房新社

青春の彩り ―あゝ懐旧の花散りて　目次

一　白い花影

郭公《かっこう》が鳴いた。

生れて初めて聞いた聖太《しょうた》には、鳥の声というよりも、天から響いて来た清らかで高く済んだ音と言った方がよかった。

周囲の木々の梢や蕾をつけ始めた桜の枝を見廻したが、鳥の影は全く無かった。早朝の弘前《ひろさき》城天守閣跡の広場は、所々に残っている春浅い残雪に、すべての音が吸い込まれてしまっているかのように、森閑としていた。

あそこから響きが伝わって来たのだろうと、聖太はひとりで納得した。数歩足を運んで、その場に立った。津軽という言葉には、なんとなく「ふるさと」を感じさせる響きがある。しかし、同じ津軽にあっても、ここから岩木山までは直線でもかなり距離があるのに、まるで真四角な額縁の中に収めた絵のように、霊峰津軽富士が眼の前に見えた。

すると、静けさをかすかにふるわせて、さっきよりも遙かに遠くから、またもや郭公のひと声が聞えた。優しい微笑が心の奥に導き出されて、それが自分の頬へすーっと昇って来るのを聖太は感じた。

誰かがそうしてくれるわけではなかった。いまここにいるのは、自分と自分を取り巻いている桜、松、杉の木立ち、それに岩木山と姿を見せない小さな郭公の声と残雪だけであった。

聖太は立ち上ると、城壁の最上部を巡って作られている低い柵に近寄り、津軽富士の真向いに足を止めた。そして、高等学校の学生であることを象徴するマントの裾を両方へぱっと払うと拳を握りしめて歌った。

その歌は宮城県の仙台の近くにあるらしい多賀城《たがじょう》とか言う所にある軍需工場に動員されて勤労奉仕に行っていた二年生が教えてくれた。彼らは学年初めの十日間の特別授業の実施と新入生の寮生活の指導を兼ねて一時帰校を許された二十名程の先輩で、聖太には一夜漬けの歌であった。

しかも一昨日晩冬の寒さに耐えて、東京の上野駅公園口前に徹夜で並んで、やっと奥羽本線経由の弘前行きの切符を手にし、超満員列車に窓から這い上って乗せて貰い、十八時間立ったままで到着した聖太にとっては、それが校歌なのか、それとも数多くあるらしい寮歌の中の一つなのか、まだ見当もつかなかった。

ただ出発二日前に、父の友人が来て、息子はすでに大学を出て今は軍隊に徴兵されて南方の戦線に行っているらしいので、息子が高等学校の学生時代に着ていた学生服上下とマント、それに被れるかどうかと苦笑しながら渡してくれた弊衣破帽《へいいはぼう》の形容そのもののオンボロの帽子を、聖太は後生大事に身に着けて入寮したばかりだった。

なにしろ僅か二十日足らず前のアメリカの爆撃機Ｂ29による東京大空襲で、僅か三時間のうちに十万人が焼死体と化したあの呪うべき夜に、聖太の生れ故郷であった隅田川界隈の下町は、見渡す限りの焼野ヶ原となり、聖太の家も一握の灰となってしまっていた。

直後に行われた中学校の卒業式にも出られずに、父と母の三人で、辛うじて焼け残った親戚知人を頼って、転々として生きて来たのであった。疲れ切った身心で高等学校の職員が紹介してくれた店へ行って、質流れの寝具一式を買って、寮の当てがわれた一室に運んだばかりであった。

その時、寮の名称は北の海という意味の「北溟《ほくめい》」であり、校章は「鵬《おおとり》」で、これは支那（中国）の古典「荘子」の中の文章に書かれていると教わった。

「北溟ニ魚アリ。ソノ名ヲ鯤《コン》ト云ウ。化シテ大鵬トナリ、一翼三千里、南ヲ図《ハカ》ル」

まだ一番の歌詞しか覚えていなかったが、聖太は彼方の津軽富士に向って高歌放吟した。

虚空《こくう》に羽ばたき　南を図《はか》る
大鵬《たいほう》の吾等《われら》　徽章《きしょう》とかざす
紅顔《こうがん》抱《いだ》かん　理想の高き
譬《たと》えか岩木の　偉大の姿

歌いながら東京の両親を思い、涙が一筋頬に伝わるのを、聖太は拭いもしなかった。

それにしてもと、帰り道の城の大手門をくぐり、堀端を橅歯《ほうば》の高下駄をガラガラと音を立てて引きずりながら聖太は思った。この街はなぜこんなに静かなのだろうか。軍隊それも師団まであるのに、もしかしたら、これが人間の住む街の本当のあるべき形なのかもしれない。人間も社会も、「静けさ」が基本にあることが最も大切なのかもと。

橅歯の下駄は入った部屋の押入れの中に転がっていた。事務室へ届けると、多分卒業生が置いて行ったのでしょうから、よかったら使いなさいと返されたものだった。

もう一つ、部屋の上段の押入れの扉を開けたら、平面が畳半畳より一廻り大きい机が置いてあったので、これも届けると、支那へ帰国した留学生が置いて行ったものと判明。裏返したら墨で「王」と書いてあった。一応聖太は机もなかったので、保管することにしたが、聖太は結局卒業までこれを勉強机にしたり、冬は蒲団を掛けて炬燵代りにした。三年後の卒業までに王さんは戻って来なかった。一片の通信も無かった。

生ッ粋の江戸ッ子の家系に生れ育った聖太が、なぜみちのくひとり旅に出たのかについては、聖太ひとりが納得している理由が、大きくは二つあった。

一つは、空襲が激しくなり、全国の帝国大学や国公私立合わせて四十校程あった高等学校が相次いで休講状態となったが、数校は日本軍の占領地域であった大東亜共栄圏から、主として支那大陸や満州（現・中国東北部）から、数名の留学生を受け入れているという理由で、授業を続行している高校があり、そのうちの一つが弘前高校であり、数名の支那人の留学文科生がいるとの情報があった。

徴兵年齢が一歳引き下げられて十九歳となったが、聖太は早生れで、しかも中学の修業年限も一年短縮されて四年間となったが、落第さえしなければ、高等学校卒業の資格だけは得られると、中学校側の説明があったために、受験に踏み切ったのであった。

しかし、空襲が激しくなったので、留学生は帰国することになり、学校職員の話では、よくわからないけれどという前置きを何度も繰り返しながら、新潟方面経由の船で冬の日本海を渡って、朝鮮北部からそれぞれの故郷へ向ったらしいとの話であったが、聖太には説明そのものよりも、初めて聞く津軽弁のほうがよくわからなかった。

酒蔵造りの白壁の家や木造の教会などを見ながら、五重塔のある寺の境内を通った。ふと失われた故郷下町で、隅田川越しに眺められた五重塔を思い出した。浅草の仲見世や観音様はどうなったろう。焼けてしまったのかしらと考えながら歩いた。

江戸時代には、明け六つ（現在の午前六時）になると、店は一斉に戸を開き、銭湯は始まり、芝居小屋や相撲場はドント来いの客寄せの太鼓を鳴らし始め、そして、往来を行き交う人々の下駄の音が喧《やかま》しかったと、数多くのものの本に書かれているが、戦争中でも隅田川界隈の下町では、朝六時になると、働く人が道で挨拶をしたり話したりする声が四季を問わず家の中まで聞えて来たし、家内工業の小さな機械が動く音が、地面を這うように伝わって来た。それらがすべて空襲で抹殺されてから今日で僅か二三日目だ。

それなのにいくら人口が少ない地方の城下町であるとは言え、街に漂うこの静けさは、どこから醸し出されて来るのだろうかと、聖太は高下駄がガラガラ鳴るのを少し気にしながら歩いた。空襲の猛火烈風の中で、人間が眼の前で体を生きたまま焼かれて悲鳴を上げ、断末魔の最期の絶叫を繰り返しながら、地面を転げ廻って遂には動かなくなり、炎だけを全身からちょろちょろといつまでも燃え上らせて死んで行くのを、何人も見させられたあのおぞましい夜が、まだ脳裏にも瞼の裏にも深く刻まれているはずなのに、僅か二日間でこの街の静けさに心を打たれてしまうのはどういうわけだろうと思った。こういう静けさの中で生きてこそ、人間は人間らしく生きられるのかなあとも考えた。

城下町の道は突き当りが多くて曲りくねっていると聞いていたが、ふと気がつくと、道の正面に、昔は武家屋敷であったらしい雰囲気が漂っている家が建っていた。

小さな瓦屋根のついた古風な門があり、少し色があせた板塀が続いていた。聖太がその家に目をとめたのは、門のすぐ左脇の塀越しに一本の木が聳《そび》えていて、葉の所々に小さな白い点が、木全体に散りばめられていたからだった。花が咲くのかなと思って、聖太は少し近づいて梢を見上げた。下町には春になって、上野の寛永寺か隅田公園へ行って、桜の花を見物する以外、花が咲く木は無かった。花で最も親しいのは、長屋の人達が玄関の前に木箱を置き、種を播いて育てる朝顔の花だった。夏には蔓が長屋の軒下にまで這い上って行った。

木の枝の向うに、二階の窓があったが、雨戸がぴっしりと閉まっていた。何の花かを教えてくれそうな人も通らないので、聖太はあきらめて二、三歩そこから離れた。

すると、窓が開くような感じがしたので、思わずあの二階の方へ目をやると、閉まっていた雨戸が少し開き、続いて白い腕がすーっと出て来た。そして、雨戸が半分開けられた。

そこにまるで肖像画のように、若い女の人の上半身が現れた。聖太はなぜかごくりと唾を呑んだ。綺麗な人だなあと直感した。

北国の人らしく肌は雪のように白く、眉は一直線に長く引かれ、大きな瞳にまつ毛が一本一本見える程並び、鼻筋は真直ぐ通って、唇はきりっと締まっていた。そして、艶々と光った黒髪が面長な顔の両側から肩を通って、胸へと流れていた。

聖太はこの花の名前を聞こうと、二、三歩近寄ると、何を感じたのか、その人は右手を開いて、聖太に向けて振ってくれた。思わず聖太も右手を振ったが、次の瞬間、その人はちょっとほほ笑んで軽く頭を下げると、また軽く手を振ってから、雨戸を閉じてしまった。

聖太はほんのひとときの白昼夢を見ているような気がした。恐らく十数秒間の出来事であったにしろ、似たような年齢の女子高校生と思われる娘さんと、手を振りあったのは全くの初体験であった。それどころか、入学したばかりの高等学校は男子生徒ばかりだし、中学もそうであった。学校の中に女の子がいたのは小学校だけで、そこも男の子と女の子は別々の組であった。しかも小学校一年の時に二・二六事件、中学一年で大東亜戦争が始まり、卒業を数日後に控えた三月十日に東京大空襲。そしていま、異郷の津軽は弘前とあっては、女の子と話した覚えは皆無に等しかった。なぜか聖太はそこから高下駄のままぴょんぴょん飛ぶようにして、寮の部屋までマントを翻して走って帰った。むしょうに嬉しかった。窓を開けて全寮に聞えるような大声で「虚空に羽ばたき」を歌い続けた。

二　黒い群像

ガラン　ガラン　ガラン　ガラン

熊さんと呼ばれて寮生に親しまれて来たらしい老小使いが、右手にぶら下げた鐘を振りながら長い廊下を歩くと、それは食事の用意が出来たぞ、食べに来いと全寮生に告げる合図であった。

北溟寮は北、中、南の名称の棟がそれぞれ二棟ずつ合計六棟が南北に並列し、それを結んで東西に廊下がついていた。廊下の両側に手洗い場やトイレが作られ、中央東に風呂場があった。寮の玄関を入ると、左側が事務室で舎監の柔道教師と男性事務員二人、右側が熊さん達小使いのおじさん達数人の部屋があった。

玄関正面に応接間があり、質素この上ない椅子が置いてあって、面会に来た人と話が出来るようになってはいたが、お茶一杯水一杯出せる準備は何もなかった。まるで警察の取調べ室のような殺風景さであった。この部屋の右に食堂へ行く幅広い通路があり、食堂には全寮生が揃って食べられるたくさんの椅子やテーブルが、たぶん創立以来同じ位置に鎮座していることが容易に想像されるように並んでいた。

食堂の二階は芙蓉堂《ふようどう》と呼ぶ畳敷きの大広間で、全寮生やグループの集会などに自由に使われ、静かなので、ここで読書をしてもよいことになっていた。本棚には昔の文集もあった。

寮と学校は五〇メートル以上もある屋根付きの長い廊下で結ばれ、寮生は雨や雪の日も、全く濡れずに通学し帰寮出来た。先輩達の話によると、大部分の寮生は裸足《はだし》で、中には道で拾った馬の草鞋《わらじ》を履いている者もいるそうだった。廊下の中央あたりに、屋根が高くなって櫓《やぐら》のように突き出している小さな部屋があり、そこには太鼓が天井からぶら下っていた。朝七時に起床の太鼓が鳴り、夜の十時のそれは消燈とのことであった。打つのは熊さん達である。一人が宿直するらしかった。

門柱しか無い裏門を外から走り抜けると、広い運動場があった。その一隅は大根畑になっていて、土から少し伸びた大根の白い色が、夕陽が落ちたあとの僅かな残光を受けて、点々と見えた。なんでこんな所に大根畑があるのかなと、聖太はちょっと不思議な感じがしたが、食事を知らせる鐘の最後の音がカーンと聞えたような気がして、真直ぐ食堂へ駆け込んだ。昨日は自分の他は全部が二年生だったが、今日は昼間から一年生が入寮して、調理室の入口に少し長い行列が出来ていた。

調理室を入ると、すぐ右手にある棚に、ご飯を盛った丼が並んでいて、それを一つ取ると、左手にある棚に置かれたおかずを入れた皿がこれまた並んでいるので、丼と皿を持って、どこでも自由な席に座ると、テーブルごとに箸とお椀と大きな皿に盛られた漬け物と木の桶に入れた味噌汁が置いてあるので、それを勝手に飲んだり食べたりする。終ったら指定された場所に食器類を返すことになっていた。

ところが、寮生のほとんどが十代の若者である。まだ食べるのと母親が呆れる程の生涯最高の食べ盛り年代である。聖太のような早生れでしかも中学四年から入学して来た者は十六歳だが、普通ならば十八歳である。だが昔から受験生の間では、「流れ流れて落ち行く先は、北は弘前、南は○○」という言葉があった程、一浪二浪は当り前、四浪五浪も平然と入学して来る高等学校として弘前は有名であったらしい。○○はその学校の名誉のために、敢て固有名詞を入れないのが礼儀だそうで、全国四十数校のうちの何を入れるかは、歌う人の自由ということになっている。言ってみれば、高等学校仁義である。

しかし、三浪以上になると、十代は終って二十代に入るので、こうして調理室の前に、ほんの僅かな時間でも並ぶとなると、十代の学生は尻込みして、順番を譲ってしまう。伝説めいているが、昭和初期頃のこれらの長老学生の中には、のちに政界の院外団のボスとなり、政治家連中は頭が上らなくなったド偉い人もいたそうだ。また左翼の巨頭になった人もいて、この先輩達は、天長節や紀元節などの式の日は、学生席には座らずに、壇上の教授席の中に座り、教授を君付けで呼んでいたということである。ごく当り前の寮生や調理室に続く調理場にいた賄《まかない》さん達は、こうした長老学生をこわがっていたらしい。寮史によると、事実、賄征伐と称して、夜中に宿直の賄さんを襲い、蒲団をぐるぐるに巻きつけて蒲団蒸《む》しにして、残っていた食事を、全部平らげられてしまうことも、昔はしばしばだったと記録され、いま賄長の四戸《しのへ》さんは若い時に度々やられたらしい。

一度食事をしたのに、まだしていないような顔をして、二度目をちゃっかり食べる寮生もいた。寮生の中から選ばれた炊事部員が調理室の入口で見張っているにもかかわらず、最後の方になると、数が足りなくなるのはこのせいであった。

これをツバイ、つまりドイツ語の2を当てはめて、ツバイをすると言うと、昨日の夕食の時に二年生から教わった。

聖太にとって耳新しく、それでいてなんとなく新天地に来たような軽い楽しい気分にさせられたのは、先輩達の言葉の中に、ドイツ語の単語がまじることであった。食事のツバイもそうだったが、寮歌を合唱する時も、掛け声は一、二、三ではなく、やや変形したドイツ語で、アインツバーイ、ドラーイと怒鳴る。

若い娘達はメッチェン、奥さんはフラウ、お金はゲル、食べるはエッセン、ありがとうはダンケなど、身近な言葉がドイツ語の単語で話の中に頻発する。長くてなかなか覚えられなかったのは、さよならのアウフ　ビーダーゼーエンぐらいなものであった。

英語を敵性用語だとして、中学三年までしか教わっていなかった聖太にとって、中学四年丸一年の勤労動員の工場通いでの英語完全空白時間を飛び越えた感じで、逆の意味で外国語に親しめそうだった。

食堂へ行くと、今夜のエッセンの丼は、蕗《ふき》を刻み込んだふきめしであった。北溟寮最初の昨日のエッセンには大根がまざっていた。テーブルの上には、桶に赤蕪《あかかぶ》が盛られていた。

　聖太はふっと東京の両親は、今日はどこでどんな食事を摂っているかを思った。今夜はゆっくり眠れる所にいるのだろうか、母は心臓を少し病んでいるが、薬は手に入っているだろうか、東京を発つ二日前に自分が片道三時間歩いて、やっと病院から薬を貰って来たけれど、あれはあと何日残っているだろうか。一本の藷を半分ずつ食べて、今夜はそれだけで食事は終りではないか、ふきめしと赤蕪の自分の食事は、ぜいたく過ぎるのではなかろうかなどと考えると、胸が詰り、涙がこぼれそうになった。テーブルの下で手を合わせ、こっそり合掌した。

　赤蕪は生れて初めて見た。母は漬け物上手で、常備菜として四季に漬け物が食膳に出た。その中で聖太は蕪、白瓜、白菜、茄子、それに奈良漬けが好きだったが、蕪は白いものと思い込んでいたので、芯まで赤い蕪は珍しく、またおいしかった。蕗めしは食べさせて戴けるだけで有難い気持ちがした。そして、回りに座った東北出身らしい寮生の会話は、所々意味がわからない部分もあったが、自分は親元を離れて、十六歳で他人ばかりの世の中へ出て来たのだと感じさせるには十分であった。

櫓の太鼓が鳴った。全寮生芙蓉堂に集まれの合図であった。聖太は急いで食器を片づけ、食堂に割合近かった自分の部屋に、高下駄とマントを放り込むと、芙蓉堂への階段を駆け上った。

あたりはもう夕暮れが迫って薄暗くなっていた上に、陸軍の師団があったせいか、こんな北の涯の津軽にある小さな街にも、空襲を避けるための燈火管制が敷かれているらしく、大広間なのに、演台の真上を入れて、電燈は四箇しかついておらず、それにも笠に黒い布がかぶせられていた。室内はやっと人の顔が見分けられる程度の暗さであった。

二年生が壁際に沿って座り、一年生は文甲文乙理甲理乙の順に、縦に並んで座れと言われ、聖太は文甲の一番後ろに座った。甲は第一外国語が英語で、第二外国語がドイツ語であったが、文甲は僅か七人しかいなかったし、他の組も大体七、八人か十人ちょっとであった。留学生らしい人はいなかった。

全員が入室したことが確認されると、扉が閉められたが、途端に後ろの暗闇で太鼓が鳴った。あ、ここにも太鼓があるんだと、聖太は後ろを振り返ってびっくりした。

扉が開いて三人の二年生が入って来た。三役入場と進行係らしい二年生が言った。三人とも羽織袴で帽子を被っていた。偉そうで威厳が感じられた。少しあとで暗さに目が馴れてわかったが、先頭の人は太くて長い羽織の紐を首に掛けていたが、このいでたちをした人を全寮総務と言って、言わば寮の精神的象徴のような立場であった。次は白い着物で、やはり羽織の紐を首に掛けていたが、太さは平べったくて普通だった。この人は寮務委員長と呼ばれ、日常の寮生活全般の世話をし、また思想的問題や個人的な悩みの相談まで受け持ち、大変な激職で授業にもろくに出られず、三役は半年交替で、全寮総務は選挙もしくは推薦を全寮生で行い、委員長は総務が寮生を代表して依頼して決まるらしく、今は寮生がいないので、一年前から空席で、今日の三役は今夜限りの臨時だそうだ。委員長をやると、授業の出席日数不足で、落第《ギッペル》する人もあるので、人選が手間取るが、寮の運命はこの人にかかっていると昨日聞かされていた。

もう一人の白い袴の人は総代長と呼ばれ、各棟に一人ずついる総代つまり世話役をまとめて、いろいろな連絡に当ったりする役だそうで、時にはお目付役の働きもするという。

三役がそれぞれ名乗ったが、三人とも臨時とは言いながらいずれも立派で、これが僅か一学年上の人とは思えなかった。しかも、日本男子のほとんどが丸坊主の兵隊刈りの時代に、総務と委員長は高校生らしく蓬髪《ほうはつ》であった。ここには軍国日本と違う世界があるような気がして、聖太は拳を握りしめて三人を暗がりの中で見つめた。

すると、総代長から声がかかった。

「おい、そこの文甲の一番後ろの君」

前に座っていた一年生が一斉に振り向いた。つられて聖太も後ろを見たが誰もいない。

「君だよ、君。一人だけぴょんと背が高いんだ。正座していなくていい。あぐらでいい」

あ、自分のことだと聖太は気がついた。幼い頃から畳の上に座る時は、必ず正座だった。父ももちろん母も亡くなった祖母も女中さん達も、住み込みの男の人達も皆正座だった。呉服屋の小僧から叩き上げた父の習慣であったらしく、母も実家は料理屋で、二人とも躾けには厳しかった。殊に母の綺麗好きは親戚の叔母達にも有名だったから、その潔癖ぶりは娘の頃からだったらしい。

聖太は皆に見つめられて、慌ててあぐらをかいた。しかし、かいたと思った瞬間に、その格好のまま後ろへごろんとひっくり返ってしまった。まわりから笑い声が起った。

「真面目に座れ」

壁際の二年生から弥次が飛んだ。聖太はますます慌てて、一ぺん立ち直してから、あぐらの形に座った。ほんの少しの間そのままで懸命に我慢したが、白髪こそ交っているが、堂々たる体軀の舎監の挨拶が終了と同時に、またもやごろんと後ろにひっくり返った。今度は、えーっ、ほんとにあぐらかけないのかという声がまざった笑いがどっと起った。

「君、ほんとにあぐらでは座れないのか」

総代長が半ば呆れた表情で言った。

「……はい……小さい頃からです……」

聖太は立ち上ったまま答えた。

「家族皆そうなのか」

「はい。もしあぐらかいて食事したら、父や母はものすごく怒ったと思います。母は別にして、父から叱られたことは一度もありませんが……」

「ふーん、わかった、正座でいいよ。正座が悪いわけじゃない。むしろ入寮式のようなこの場では、全員が礼儀正しく正座でなくてはいけないのかもしれないからな」

「私は正座ですよ」

割って入った声の主は柔道教師でもある舎監だった。ほんとだと言って、正座に座り直す寮生もいた。全寮総務が口を開いた。

「いいか諸君。北溟寮は軍隊の兵舎ではない。一人ひとりがそれぞれの家庭で自由に育って来た人間の集りなんだ。良い習慣だと思ったら、それを自分も身につけようと努力するべきなんだ。正座も本来は日本の礼儀作法の大切な基本なのかもしれない。お互いの良い点を生活の中から学び取れるのも、北溟寮のあずましいところだ」

拍手が起った。皆の心のどこかに警鐘を鳴らしたようだったし、聖太には意味が全くわからなかったが、最後に東北なまりの言葉を入れたのも見事で、舎監も委員長も総代長も一緒になって手を叩いていた。

「それでは今から一年生の自己紹介を始めます。一年生は順に立ち上って、出身地と姓名を言って下さい。では丁度いい。立っている君から始めよう。文甲だね」

折悪しく立ったままでいた聖太の姿に、小さな笑い声と拍手が起り、二年生からは、

「元気にやれよ」

「けっぱれェー」

と声がかかった。けっぱれは初耳だったが、言葉の調子から頑張れとでもいう意味だろうと理解して、聖太はその声のした方に、ぺこりと頭を下げたが、それに笑い声が起った。

「東京都出身の如月聖太と申します。如月《きさらぎ》は何々のごとしという字とお月様の月です。むつき、きさらぎ、やよいのきさらぎです。聖太の聖は聖人君子の聖。文甲流に英語で言えば、セント・キサラーギです。よろしくお願いします」

東京のところで、おーとか、えーっという声が上ったが、英語の部分では二年生から拍手が聞えた。続いて順番に立ち上って名乗ったが、東北や北海道の出身が多かった。全寮制なので、本来ならば地元の青森県や弘前市と近郊の学生も入寮すべきだったが、窮迫する一方の食糧事情もあって、地元や弘前とその周辺に下宿可能な家があれば、そこから通学してもよい特例が出されていたので、およそ三分の一は入寮していないという舎監の話だった。

それにしても、聖太には学生の出身地が一体地図のどの辺にあるのかがわからない場合が多かった。県庁所在地や大きな町はあの辺だと推量がつくが、殊に北海道は札幌、函館、旭川、稚内、帯広、釧路、それに刑務所で有名な網走ぐらいは見当がつくが、あとは地図のどの辺にあるのか全くわからなかった。いろんな所にいろんな人が住んでるんだなあぐらいの感触しかなかった。

一年生全員が終了すると、委員長が声をかけた。

「如月君。セント・キサラーギ君。東京出身だそうだが、空襲にはあってないのか」

聖太は一瞬どう説明したらいいのか迷ったが、いささかのっそりといった感じで立ち上ると、小さな声で答えた。

「はい。あいました。先月の三月十日にあったばかりです」

場内がしーんとなった。

「……で……君の家は……」

「はい。焼けて跡かたも無くなりました。なにしろ隅田川近くの下町にあったので」

「両親は」

「僕と一緒に両国駅、あの相撲をやる国技館のすぐそばです。家から両国駅のホームに止まっていた客車に辛うじて逃げ込んで助かりました」

うーんともふーんともつかない小さなうめき声のような音が、さざ波のように流れた。

「両親はいまどうしてる」

「……はい……たぶん……今夜も焼け残った親戚や父の知りあいの家を母と二人で転々として泊めて貰っていると思います……僕もこちらへ来る前日まで一緒に転々と歩いていました……食料が配給ですから……何日もいられません……さっき食堂で蕗の入ったご飯と生れて初めて赤蕪を食べましたが……これを……両親に……食べさせて……やりたいと……思いました……今夜は何を……もしかしたら……食べていない……のかもしれません……」

聖太は鼻をすすり上げた。三役も舎監も寮生もすべての人が頭を下げているのが見えた。

「……戦争なんて……するもんじゃありません……誰が一体始めたんでしょうか……」

ハッと驚いて顔を上げる寮生がいたし、立ち上りかけた壁際の二年生は叫んだ。

「馬鹿を言うなっ。われわれは国を守るために戦っているんだぞっ。鬼畜米英を倒さなければ、日本はどうなるんだっ」

聖太はありったけの気力で答えた。

「こんな静かな弘前の街にいるから、そんなことが言えるんですよ……先輩達が行っている多賀城とかの工場は忙しいですか。僕も去年一年間勤労動員で工場で働きましたが、暇で暇で何を作ったのかさえ覚えてません。それなのに敵のＢ29はなんであんなに大きくて、それが何十機もの大編隊で飛んで来られるんですか」

「それを体当りで落してるんだ」

「嘘です。日本の戦闘機はＢ29のずっと下の方を飛んでたし、高射砲も遙か下で破裂して、Ｂ29は悠々と飛んでました。僕はこの目で毎晩のように見ていたんです」

生意気なことを言うなと、怒り心頭に発したらしい二年生が二人、座っている一年生を掻き分けるようにして聖太に近づいて来た。待てっ、と大声を出したのは総代長だった。

「三人とも座れ。どんな場合でも、北溟寮内で喧嘩することは許さん」

二年生は壁際に戻り、聖太は正座した。

「如月君……と言ったね。君がいま、戦争なんかするもんじゃないと言ったのは、家が焼けてしまったからですか」

「もちろん、それはあります。生れ故郷を完全に失う、いや奪われてしまうことが、人間にとって、どんなに悲しいかです。この悲しさは一生つきまとって来るんだと思います。一つの戦争が完全に終るまでには、百年はかかりそうな気がします。しかし……それ以上に」

「ん……それ以上に何か……」

「……人が……人間がです……子供も……目の前で……火に焼かれながら……死んで行くんです……悲鳴を……熱いよ……助けて……お母さん……て……叫びながら……倒れて……地面を転がりながら……それを……助けることも出来ない……んです……自分もあんな風に……一緒に逃げてる……母も……父も……人間の死に方じゃ……ないんです」

暗がりから声が飛んで来た。

「でも、最後には天皇陛下万歳と……」

聖太は立ち上ると、声の方へ向った。

「そんなことを言っている人は、一人もいなかった。死ぬんだぞ自分が……天皇陛下万歳なんて教わった通りに死ねる人は誰もいない。あんたはそれでも人間か、いささかの悲しみも同情もないのか。それでも弘高生かっ、北溟寮生かっ。大馬鹿もん。あんたなんか人間じゃないっ」

全寮総務と総代長が前後から聖太に抱きついて、勢いを止めようとした。おとなしい性格の聖太が、生れて初めて大爆発させた怒りであった。

全員が総立ちとなってわめいた。

「静かに、静かにしろっ、皆座れっ」

総代長が両手を挙げて制した。全員が座ると、三役は寄り集って何やら話しあった末に、寮務委員長が演台の机の脇に立って言った。

「さっき総代長が言ったように、この北溟寮内で暴力を振うことは絶対許さない。寮史を見てもわかる通り、昭和初期に社研を中心とする左翼運動が盛んだった時にも、先輩達はこの芙蓉堂で常に話し合いをしたが、論争の果てに暴力沙汰になった事件は一度もなかったようだ。他の大学や高等学校のことはわからないが、それだけは弘高の誇りだ。だから先輩達は言って来た。殊に一年生はよく聞け。天下の一高だの二高だの三高と言うが、日本地図をよく見ろ。わが弘前高等学校は一番北即ち一番上にある高等学校だ。北海道には北大予科はあるが高等学校は無い。即ちわが弘高は、天上の弘前高等学校なのだと」

笑い声と拍手が起り、凄い負け惜しみという弥次も飛んだ。

「そこで如月君。君がいまさっき話したような空襲による凄惨な状況を体験して、いま君が苦しみのどん底にあり、また東京の両親を思って、何を今夜は食べたかと、悲しい心配をしていることはよくわかった。でも頑張ってくれ。われわれ二年生は来週には軍需工場のある多賀城へ戻らなくてはならない。戦争に勝つためだ。しかし、君や両親に直接には何もしてあげられない。申し訳ないが、これも戦争だからやむを得ないと思ってくれ。いま日本人にとって大切なのは天皇陛下の御稜威《みいつ》を八紘一宇に輝かすことであるのは言うまでもない。如月君、君の両親も偉いと思うよ、よく君を東京からこの遠い津軽へ出したな。理由があったのか」

聖太は正座の両膝の上に置いた腕を突っ張った。腕が力みのためにぶるぶると震えた。歯が口の中でカタカタと鳴るのが聞えた。わけを言った方がいいのかどうかに迷った。

「差し支えなかったら、君が弘高を志したわけを話してくれないか。なんなら下の応接間で、われわれ三役とでもいい」

話させろと怒鳴ったのは、さっき詰め寄って来た二年生だった。それに反発するように、話しますと言って、聖太は演台に向った。

「如月です。話します。いま、委員長さんが天皇陛下の御稜威を八紘一宇に輝かすと言いましたが、その光は戦争に勝つ強い光でしょうか、それとも人々の心を照らす優しい光でしょうか」

戦争に勝つことに決ってるじゃないかという声が一斉に上った。

「僕もそう思っていたんです。でもさっき言ったように、去年一年間軍需工場で働かせられましたが、暇で暇で、しょうがないので倉庫に隠れて本ばかり読んでいました。そうしたら去年の秋でした。読んでいた本の中に、教育勅語がのっていました。小学校の時は、式の日に校長先生が朕惟《ちんおも》フニから御名御璽《ぎょめいごじ》まで読むのを聞いていましたが、中学ではそれがなかったので、懐かしくて読んでみました。

そこで気がついたんです。初めの方には、夫婦相和シとか朋友相信シや学ヲ修メ業ヲ習ヒなど、いつの時代でもどの社会でも人間が守るべき徳目が並べられています。それからすると、当然その後は、それらの徳目を実行して『世界人類ノ幸福ト発展ニ寄与マタハ貢献スベシ』となるのが当然です。それが大御稜威の本当の光だと思うんです。ところが、教育勅語では一転して、『一旦緩急アレハ義勇公ニ奉シ、以テ天壌無窮ノ皇運ヲ扶翼スベシ』となっているんです。つまり、積み重ねた徳目はさて措《お》いて、ひとたび戦争が起ったら、国に忠義を尽くして、万世一系の天皇と皇室を守れと書いてあり、しかもス可シと命令形なのです。

これでは教育ではなくて天皇と皇室をあがめる宗教ではないかと思ったんです。それで登校日に先生に質問したら、何も説明せず、いきなり天皇陛下のおっしゃることに間違いはないっ、と大喝一声して、手にしていたべニヤ板が表紙になっている出席簿で、頭のてっぺんをガーンと一撃されたんです。僕はそれまで友達と喧嘩したこともなかったし、両親にぶたれたこともありませんでした。目から星がぴょんぴょんと飛び出してよろめきました。その瞬間に思ったんです。天皇陛下のためになんか死んでやるもんかって。

僕の行っていた中学は靖国神社のすぐ隣にあって、神社の向うは電車道一本越えれば近衛師団で、堀に囲まれて宮城が続いています。

そこへつい二十日ぐらい前の東京大空襲でした。おととい弘前へ来る汽車の中で拾った新聞に、天皇陛下が空襲の下町の跡を視察している写真が載っていました。道路を歩いている写真で、後ろにお供の軍人がたくさんいました。深川から私が住んでいた本所、そして隅田川を渡って浅草から上野へ車で僅か一時間ぐらいで通り抜けたらしいのですが、大正十二年の関東大震災の時は馬に乗って視察したが、あの時よりも今度の方が悲惨だねと、ひとこと侍従に洩らされたと書いてありました……でも……あの頃……僕も見たんですが……公園などに……焼死体……ひと晩……それも僅か三時間のうちに……十万人が……死んだんですよ……無残な殺され方を……したんですよ……その死体を……公園や……焼け跡に……山のように積んで……焼いていたんです……それなのに……」

それ以上のどが詰まり涙が流れ落ちて来て聖太は話せなくなった。場内はしんと静まり返った。聖太は腕で涙をこすると、その場に座り込み、大声を上げて泣いた。

本日はこれで解散という委員長の声で皆立ち上り、扉の方へ向った。聖太の肩を優しく叩いてくれた寮生もいた。この学校へ来なければよかったと聖太は畳にぽたぽたと涙を落しながら後悔した。戻ってきた委員長が跪き、聖太に、よく話してくれたなと慰めた。

三　褐色の讃歌

霞《かすみ》の影《かげ》に　萌《も》え出《い》でし
青柳《あおやぎ》　髪《かみ》を　梳《くしけず》り
万朶《ばんだ》の桜《さくら》　こぼれては
夢《ゆめ》に溶《と》け行《ゆ》く　浅翠《あさみどり》
慕《した》えど哀《あわ》れ　逝《ゆ》く春《はる》を
誰《だれ》かは　永遠《とわ》に　留《とど》めん得《え》ん

二年生が勤労動員先の軍需工場に戻る日が来た。一年生だけが寮に残されるが、全員で駅まで送ることになり、弘前駅前の広場で送別のストームを行うと、前夜に二年生から告げられた。ストームとは円陣を作り、真ん中に置いた太鼓に合わせて、寮歌を高唱しながら肩を組み足を挙げて踊りまくる高等学校独特の流儀であった。これまでに行われた先輩達のストームの写真も見せられた。満開の桜の下でのものが多かったが、これは観桜会と言って、四月下旬から五月上旬にかけて、お城の桜が一斉に咲き揃った時に、花見を兼ねて全寮生が幟《のぼり》や旗を立ててお城へ行き、そこで行うストームなのだが、戦争中なので今は自粛して、大東亜戦争開始以来やっていないとのことだった。持って行く酒も弁当もないしなという話もついていた。

昨夜消燈後、二年生から教わったロー勉をしていると、入寮式で委員長役を務めていた人が部屋に来て、明日のストームで君は委員長をやれと、あの羽織袴を投げ込んで行った。

校舎からブロック塀一つで隔てられている師団だか憲兵だかの司令部からの厳重な依頼で、夜間の空襲から身を守るために、燈火管制や消燈はしっかり規則通り行ってくれと言われていると、昨夜の入寮式で舎監から話があった。しかし、本を読み続けたい気持ちもあるので、消燈したあとは押し入れにもぐり込み、戸を内側からしっかり閉めて、ローソクを立てて、その光で本を読む、これをロー勉と言うと教わった。

そして、昨日は総代長役の二年生から、寮雨《りょうう》は厳禁で、違反者は退寮処分にするという話も出た。寮雨とは便所に行かずに、窓を開けて、棟と棟との間の中庭に向ってオシッコをすることで、寮が作られた初期には暗黙の公認だったそうだが、二階の寮生はともかく、一階の寮生は夏でも窓を開けていられないので苦情が続出して厳禁になったが、今でも時々やるヤツがいなくはないとのことだった。冬になると寒いし、また棟と棟との間にある庭には、一階の廊下の窓の上まで雪が積るので、そこを目がけてやれば、降る雪がその跡を消してくれるので、それに便乗して、夜中に敢行する寮生もいなくはないとのことであった。男ばかりの集団生活なんだと聖太は改めて思った。

櫓の太鼓が鳴って、寮生が初めてのストームに少し浮き浮きしながら学校の講堂前の校庭に集った。芙蓉堂の太鼓と角材で作られた台が運ばれて来た。太鼓についている鉄の輪に棒を通して、前後を二年生が思い出に担がせてくれると駕籠屋のように担ぐことになった。

先頭を総代長役が歩き、寮生の列の中程に太鼓が入り、左右から打ち鳴らすのだが、その一人が聖太で寮務委員長役、そして、反対側から全寮総務役の学生が打つことになっていたが、二年生が揃って、いざ出発直前になって、遅くなってすまんすまんとやって来た全寮総務役の寮生は、昨日見たあの蓬髪で二浪か三浪していると思われた学生だった。

「それでは出発しまァす。北溟寮寮歌『世紀の嵐』、アインツバーイ、ドラーイ」

聖太は思い切り力をこめて太鼓を叩き、バンカラにはまだなりきれていないが、弘前市民が書生さんと呼ぶ弘前高等学校学生の列は、校門を出て、ガラガラと下駄の音を引きずって駅へ向った。

「おい、如月君」

反対側で太鼓を叩いていた全寮総務役が声をかけてきた。

「俺、音楽や歌は丸っきり駄目なんだ。ストームになったら、よろしく頼むな」

どこか東北の抑揚《イントネーション》のある言葉だったが、見かけとは違って、声は優しかった。

「はい、わかりました。でも僕も自信はありません。なにしろ一夜漬けの寮歌なんで」

吹《ふ》き荒《すさ》ぶ　世紀《せいき》の嵐《あらし》
打《う》ち寄《よ》する　怒《ど》涛澎湃《とうほうはい》
オリオンの燈《きら》めくあたり
建《た》つよ　おお　吾等《われら》が寮舎《りょうしゃ》
噫《ああ》！　待機《たいき》の姿《すがた》　偉《い》なる哉《かな》

まだ三つか四つしか習っていなかったが、聖太はどれも大好きになった。ここには自由な雰囲気がある一方で、元気や勇気が感じられ、浪漫や感傷もあり、何よりも青春そのものの意気が溢れていた。僅か半月ちょっと前の東京大空襲まで無理矢理歌わせられていた気がする「海征《ゆ》かば水漬く屍《かばね》、山征かば草蒸《む》す屍」や「わが大君《おおきみ》に召されたる命栄《さか》えある朝ぼらけ」のような個人や自由は全く存在せずひたすら国を護り、忠義を強《し》い、護国の恩を讃える人間無視の歌とは天地雲泥の差があるように思えた。

先頭には校名や北溟寮と書かれた大きな幟や旗が、雪国に漸く訪れた春風に靡《なび》いていた。

駅前広場に着くと、すぐに円陣が組まれ、肩をつなぎあったおよそ五十名の寮生は、思い切り寮歌をガ鳴りあって踊った。

聖太と全寮総務はその円の真ん中にいた。こんなに元気な自分は、中学の水泳部で猛練習をしていた二年生の時以来三年ぶりだなと、聖太は自分自身に感じていた。

どの寮生も入学以前の丸一年を勤労動員で工場で働かせられていたために、空白となっていた勉強を取り返そうと、ロー勉を重ねていたために、床屋へ行ったり、ヒゲを剃ったりする時間も惜しかったらしく、一年生のほぼ全員が無精ヒゲが伸びていて、褐色の茶色っぽい顔をしていた。真ん中にいて全員が眺められる聖太からは、異様な感じすらした。逆に送別ストームとあって、ヒゲを剃って来た二年生の方が、色白の顔をしていて、年齢が下に見えた。同じなのは歌う蛮声であった。

間もなく下り青森行きが到着しますという駅のアナウンスが聞えて来た。

「よ――し、ストームやめーっ。先輩の皆さん、行ってらっしゃい。いろいろご指導をありがとうございました。全員揃って、元気に北溟寮へお帰りになるのを待っています」

総代長が挨拶した。この人も少なくとも二浪はしているんじゃないか、おとなだなあと聖太は思った。先月までの四年間の中学校では、クラス全員が昭和三年か四年生れの同い年の友達だったことが、どことなく子供っぽく恥ずかしい気がした。

汽笛が一声甲高く鳴って汽車が動き始めると、寮生は駅舎に隣接していた柵に全員が駆け寄って、ありがとうございました、元気で、帰るのを待ってますなどと口々に叫び、車内の二年生も手を振って応えたが、やがて汽車は煙を残雪が消えた田んぼの上に流して、遠くなって行った。聖太は急に淋しさがこみあげて来た。両親をはじめ、この春のはじめの一か月は、空襲をはじめとして、人と別れてばかりいる寂しい季節のように思えた。

ふとあの白い小さな点が一ぱいについていた木の向うの窓から手を振ってくれた美しい人とも、あの日以来会っていないことに気がついた。もしかして、行ったらまた窓を開いて手を振ってくれるかなと空想すると、一段とまたわびしくなった。
別れは寮生にも心の空白をもたらしたらしかった。誰歌うとなく、低い歌声で寮歌がつぶやかれ始めた。

津軽《つがる》の野辺《のべ》に　秋立ちて
落日《らくじつ》　山に　映《は》える時
ヒバの林に　独《ひと》り居《い》て
濁《にご》れる人世　あざければ
胸《むね》に　嗟嘆《さたん》の　涙湧《なみだわ》く

円陣は組まなかった。一人ひとりが広場の思い思いの位置に立ち、眼をつむり、天を向いて、静かに独吟し合唱した。地を這うように声は流れた。聖太はその雰囲気に合わせて、優しく太鼓を叩いた。傍らには全寮総務が、うつむき、瞑目し、何かに祈るような姿で撥を下げたまま佇立していた。

ピッピ――、ピ、ピ、ピ――

突然鋭い笛の音が聞え、警官と憲兵が二人、腰のサーベルと剣を左手で押え、全速力で走って来た。何事かと寮生は歌をやめた。

「解散、かいさ――ん、直ちに中止し、解散せよ――っ」

二人は右手を振り廻して叫んだ。寮生達には意味がわからなかったが、警官と憲兵なので、ただごとではない空気は感じた。

「おめーら、ひぞーずを、なんどごころいとるかっ。あーん。けーれ、すぐさけーれ」

警官が強い東北訛りで怒鳴ったが、聖太には何を言っているのか周りを見廻して、わかりそうな顔をしている寮生を探した。

「なんて言ってるの」

と近くの寮生に聞くと、全寮総務が目を開いて、落着いた声で答えた。

「中止して、学校へ帰れって言ってるんだけどね」

憲兵が聖太に近づいて大声で言った。

「すどしゃはおめかっ。すこくみんめが」

「……はあっ……何言ってるんですか」

「指導者はお前か。非国民めって言ってるんだ」

近くにいた寮生が通訳した。

「僕は一年生ですよ。指導者ではありません。ただ太鼓を叩いていただけです」

「なぬっ。そのぼっこで、さすずさすてただろ」

「……ぼっこ?……」

「その撥で指図してただろってさ、ハハハ」

「この棒は太鼓を叩くだけですよ、弘前には太鼓が出るお祭りはないんですか。アハハ」

「なぬっ、ほんかんたつを、ちさま、ぶじょくすっきかっ」(本官達を侮辱する気かっ)

いきなり憲兵が両手で聖太の胸を強く突いた。聖太はよろめいたが、すぐ後ろに台から地面に下ろされていた太鼓に足を取られ、そのまま仰向けにひっくり返った。

「何をするっ」

聖太は立ち上りざま、今度は逆に憲兵の胸を、まるで体当りでもするように強く押した。憲兵は後ずさりしたが、立っていた警官が両腕で抱き止めた。そして、わめいた。

「ちさまァ(貴様)、おそれおーくも、てんのうへいかさまの、ていこくぐんずんを」

「何が天皇陛下だっ。僕達はどういう悪いことをしたんだ」

聖太は我を忘れて言い返した。

「待てっ」

全寮総務が割って入った。

「話せばわかる。俺が話す。皆ちょっと待ってくれ。すぐ終る。帰る準備をしてくれないか。われわれは高等学校の流儀で、勤労動員に出発した先輩を見送りに来たんですよ。ま、あっちへ行きましょう」

全寮総務は憲兵と警官を、さっき汽車を見送った柵の方へ連れて行った。何やら穏やかに話をしていた。あの人は偉い人だなあと聖太は思った。

少し離れた所から見ると、いかめしい顔と違って、体は割合ほっそりとしていた。服は工場で働く人が着るような菜っ葉服だった。父の友人からの貰い物であったにしても、聖太のいささか寸詰りの学生服の方がましだった。

しかし、泣く子も黙ると言われた憲兵と警官を相手に、静かに話している姿は立派であった。この人と会えただけでも、弘前へ来て良かったのではないかとさえ思った。警官達が挙手の礼をした。

「よーし、すんだぞォ、帰ろう」

と、全寮総務が片手を挙げて合図した。総代長が一段と大きな声で叫んだ。

「寮歌――っ。北の海から――っ。アインツバイ　ドラ――イっ」

聖太が太鼓を叩こうとし、寮生が歌い始めの息を吸った時、駆けて来た警官が言った。

「おーい、ちさまァ、たいこさうってるおめえだっ。ちさまはほんかんたつを、ぶぞくすたんで、たえほするっ。しぐそこにあるけーさつそに、すっとうせよっ」

「なにっ、話が違うじゃないか」

全寮総務が太鼓の向う側から反発した。

「いいですよ。僕行きますよ、今度は僕が話して来ます。終ったら帰ります」

聖太は太鼓をドーンと叩いた。

北の海からよー
北の海から　飛び出た大鵬《おおとり》　はよー

翼磨《つばさみが》いて　飛び出た時《とき》を待つ
ソーラ　ドント来い
ドント　ドント　ドント　来いー

警察署の前に来ると、聖太は警官よりも先に玄関の方に向った。歩きながら寮生の列に手を振った。寮生も足を止めて手を振った。

「早く帰って来いよー。けっぱれ――っ」

「わだばハァ、待ってるはんでなー」

覚えたての津軽弁で応援した人もいた。

「喧嘩したら、へば、マイネぞー」

どっと笑い声が起った。まいねというのは、津軽弁で、駄目とか不可能とか、とにかく否定の時に使う代表的津軽弁だと教えられていた。

「こちゃこ、へーれ」

たぶんこっちへ来い、入れと言ってるのだろうと解釈して、警官が開けたドアを通ったが、聖太は足を止めた。狭いコンクリートの壁で、上の方に鉄格子の窓があった。

「ここ、取調べ室ですか。ちょっと先に聞きますが、僕は何の罪を犯したんですか」

「本官達を突き飛ばしたろ。あれが……」

「先に僕を突き飛ばしたのは、あんた達ではなかったですか。僕は仰向けに尻餅をつきました。それでも僕が悪いんですか」

「……んじゃま、こちゃこ」

警官は広い事務室の片隅にあった長椅子に聖太を座らせた。かなりの数の警察官が仕事をしているので、大きな声は出せそうにもなかった。

「さっきの突き飛ばしたのはもういいですね。僕は悪くないですよね」

「ん、まあ、それは後にして、不敬罪が」

「え、なんで不敬罪が。ストームがですか」

「いや、わーが」

「わーがって何ですか」

「いや、その、わしがだ」

「すみませんが、僕東京生れの東京育ちで、弘前へ来て、まだ一か月もしないんで、津軽弁が全くわかりません」

「まいねナ。わーはふょーずんごがまいねはんで。ちがる生れのちがる育ちだはんで」

「じゃあ話が出来ませんね。もう帰っていいですか。皆が待ってますから。必要ならまた来ます。寮か学校へ連絡して下さい。何が不敬罪なんだろ」

聖太は席を立った。警官がつぶやいた。

「……わーが、てんのうへーかさまのと言った時に、なーがてんのうへーかがってしゃべったろ……」

「えーっ、それだけで不敬罪ですか。いくら昔天皇陛下の弟の秩父宮さまがいらっしゃった所だと言っても、そりゃひどいですよ」

昭和十一年の二・二六事件の頃、聖太はまだ小学校一年生だったが、学校に隣接する弘前師団に、天皇陛下のすぐ下の弟だった秩父宮が師団に在籍していたことは、弘前市民の自慢の種だったことを、小使いの熊さんから聞いていた。じゃ、さよならと聖太は玄関を出た。

せっかく入寮以来初めて全員で寮歌を大合唱したのに、詰らない言葉尻に引っかかって、ひどく空白感のある時間を過させられたのには少々腹が立っていた。不敬罪よりも高等学校の方が中止だの解散だの非国民だのと、遙かに軽蔑されているではないかと思った。僅かな間に聖太には弘前高等学校学生並びに北溟寮寮生としての誇り《プライド》が身についていた。

これでも映画館かと疑いたくなるような建築物の前を通り、看板を見上げると、そこに描かれている女優さんの顔は、写真で見る実物とは違って、面長で少しのっぺりした感じの話に聞いていた津軽美人の顔だった。

聖太はふと思い出した。あの人に会いに行こう、あの木の白い点々はどうなったろうと、突然映画館を右折し、神社の横を通り、リンゴ会社の倉庫らしい赤煉瓦の壁に沿って歩き、川岸の細い道を、あの日あの人に会ったあと、浮き浮きして飛ぶようにして歩いた道を逆行した。

しかし、窓はぴったりと閉じられていた。だがあの白い小さな点は、この木に咲く花の蕾であったのだった。まるで真っ白な小鳥が木一ぱいに枝に止まっているように見えた。

「あ、すみません。この木は何ていう木ですか」

丁度通りかかったおばあさんに聞いた。

「え、なに、この木。この木の名前?」

「はい、初めて見たんです」

「へえー、どこさんにもあっけどな。津軽の人ではねえね」

「ええ、東京から来ました」

「へえー、東京には……そうか……東京は丸焼けんなって、何も無くなったって話っこ聞いたけんどな……むくれんだす……すれえむくれんの木。紫色みてえなのもあるけんど、むくれんはやっぱすろがええね」

「はあ……むくれん……もしかしたら、もくれんて言うんじゃないですか」

「んだ。だからさっちがら、むくれん、むくれんて言ってるべ」

「そ、そ、そうです、ありがとうございました」

もうすぐ満開になるんだろうなあ、あの時のあの人にそっくりな清楚な感じの花だなあと、聖太はひとり決め込んで、寮への道を急いだ。

夕食の時間が来ていた。聖太はいったん部屋へ戻り、羽織袴を学生服に着替えると食堂へ行った。聖太の顔を見ると、寮生が箸や丼を置いて拍手した。ただいまと答えて聖太は全寮総務がいるかと見廻したが、いなかった。総代長役をした人を見つけたので隣に座り、

「あの全寮総務をやったのは誰？」

と聞いた。

「うん、僕は理甲だけど、理乙の人みたいだなあ。あの話し方だと秋田県出身かな。僕は北海道の留萌《るもい》だけど」

その街が地図のどの辺にあるのか、聖太にはすぐには思い浮かばなかった。

「名前は」

「うーん、確実ではないけれど……」

「さくらだてって言うらしいよ」

向い側にいた寮生が口をはさんで言った。

「そう、木の桜に映画館の館の字らしい」

「名前は」

「知らない」と二人が答えた。

食べ終ると寮生達は足早に出て行った。二年生がいなくなったので、全体が急にがらんとした感じになった。その上、今夜は教会近くの映画館に、盟邦ドイツの映画がかかるそうで、ドイツ語を習いたての一年生は、ドイツ語の会話とはいかなるものかを聞きたくて、殆ど全員が見に行くらしかった。しかし、聖太には料金を払う余裕の金は無かった。空襲の罹災後の僅かの期間に、自分を弘前へ送り出してくれるための資金を、恐らく無一文になったはずの中から、しかも宿泊する家を求めて転々とする暮らしをしながら、父がどうやって工面してくれたのか。それを考えると、一銭の金も無駄に勝手には使う気持ちになれなかった。極限までの辛抱をした。これまでに買ったのは、ロー勉のローソクだけであった。本はすべて学校の図書館から借り、芙蓉堂の一隅にも小さな書棚があり、先輩達が残した文集なども何冊か入れられていた。

聖太は桜館を探した。どんな人なのか会って話をしたかった。寮の一番端の北寮一棟から、部屋の入口の柱に掛けられた小さな木の名札を目当てに探した。

あった。南二棟の二階十四号室だった。廊下側のガラス窓を外から軽く叩いたが、返事はなかった。留守とわかったが、念のため廊下に面した木の扉をガタピシと開け、続いて部屋に入る障子をそっと開けた。寝ているかもしれないと思ったからだ。しかし、部屋は空であった。ふと足もとの万年床の蒲団の上に、一冊の本が置かれていたのに気づいた。表紙は薄い緑で何やら絵らしいものが描かれていたが、紙が重なっている本の上と横の部分は、なぜか赤っぽい橙色をしていて、今まで見たこともない本だった。悪いと思ったが、手に取ってみた。

聖書であった。そうか桜館はクリスチャンだったのかと感じた。映画館の後ろの川沿いにも、小さな教会があったのを思い出した。本をそっと元の位置に置いて、聖太は足音を忍ばせるようにして部屋を離れた。

それにしてもと、自室に戻った聖太は思った。つい今しがた桜館の部屋で、万年床の上にあった本を手にとって、ぱらっと頁をめくって、これが聖書であるとわかった時の急にずしっと来た重味は、一体何だったのか。

桜館は、そしてクリスチャンは、いつもあの重味を感じながら生きているのか。それが宗教というものなのだろうか。自分には無い。

しかし、あの三月十日の大空襲の地獄の惨状の中で、周囲に雨のように落ちて来た火を吹いていた焼夷弾に、近くの人は次々に直撃を受けてそのまま火に包まれ、絶叫のうちに転げ廻って命を失って行ったのに、親子三人無事両国駅のホームへ逃げおおせたのは、幸運とだけでは片付けられない何かがあったように思えた。

わが家の本家筋は天台宗の寺だが、父も母もとりわけ信心の深い人ではない。仏や神が守ってくれたというような単純な理解でもない。強いて言えば、父が家を逃げ出す時に、奥の間の仏壇の中にあった祖母の位牌をポケットにねじ込んだのを見ただけだ。

キリスト教にも位牌はあるのだろうか。もし無ければ、彼らは聖書を持って逃げるのか。全く縁が無いが、日に何度も祈るという話のイスラームは、読んだことはないが、コーランとかいう聖書みたいなものを……。お経を持って逃げる日本人はいるのだろうか。この一か月の間に、東京から弘前へ、そして、どこにあるのかも知らない土地から来たたくさんの寮生との生活、警官や憲兵との争い、白い木蓮の花、あの窓の人など、目まぐるしい変転に巻き込まれた自分に、聖太はなぜか深い溜め息をついた。

出発点はやはりそれまでの自分を一変させたあの教育勅語事件だった。ほんの一瞬のしかも自分としては、勉強の積りで質問したのに、運命なんてこんなものかと思った。最悪の運命が焼夷弾の直撃に倒れた人だったのかとも考えた。

印刷機が発明され、それまで話し言葉で布教されていたイエスの言葉が、文字となって印刷され、本になって聖書にまとめられてから、キリスト教は急激に世界に広まったと、哲学の講義の時に先生がちょっと話されたが、中学三年までの授業からは、遙かにかけ離れた高尚な感じの教育だと感じていた。

しかし、聖書を手に取って読める程宗教は身近に存在する。だが、いま日本をそして日本人を正義のための戦いとして、天皇陛下の御稜威を八紘一宇に輝かすというその光は、すべての日本人の身近に、いや一人ひとりの体に密着して輝いているだろうか。そんな光は全く無いどころか、事務室の話では、配給米や配給物の量が段々減っていると言う。確かに丼の中では、この一か月の間に、大根や蕗の量が増えて来た気がする。御稜威が身近から照らしていないとすれば、やはり教育勅語は自分が思いついたような宗教ではなく、教壇の先生と生徒のように、少し距離を置いた所から教える教室の中での教育みたいなもので、教育勅語は文字通り遠くの方から日本人を教育する勅語なのだろうか。聖太は急に淋しくなって、まだ明るいので少し早いかなとは思ったが、風呂敷がかぶせてある電燈をつけた。

その時…………郭公が鳴いた。

あ、郭公だと、急いで窓を開けたが、向いの寮の棟と夕空が見えただけだった。聖太は部屋を飛び出し、階段を駆け下り、はだしのまま外へ出た。何本か立っている杉の木のてっぺんを探した。一羽の黒い影が枝から枝を飛んで消えた。あれが……聖太は一瞬だが郭公を見た。

「如月さん、手紙が来てますよ」

事務室の通路側の窓を開けて、通りかかった聖太を事務員が呼んでくれた。

「え、僕にですか」

「うん、それも二通です。一通はお父さんからだけど、もう一通は彼女から」

「……彼女……嘘ォ……」

渡された明らかにありあわせの少し厚い紙で手造りしたと思われるごつい感じの大きな封筒に書かれた宛書きは、父独特のいわゆる商人文字と言われた字であった。自分の子の名前の下に、様と書いてあるのが妙な感じがした。書いた父もおかしな気分だったろう。

「綺麗な封筒だね。今頃珍しいね」

「ああ、こっちのね。でも発信人に心当りがないんですよ」

「隠さなくたっていいよ。彼女だろ」

「いえ、ほんとですよ。宛先も寮ではなくて、学校になってるでしょう」

「うん、学校からの文書にまじって来たんだけどね」

「へえー。書いた人もこの人の住所も両方とも知らないんだけど、開けていいんですか」

「他にいないからね。だいいち如月さんなんて時代劇の俳優みたいな苗字はあまりないし」

「もし開けてみて、全く心当りがなかったら、持って来ます」

「持って来なかったら、彼女だな」

傍らから舎監が冷やかした。

「たぶん持って来ると思います」

そう言い捨てて、聖太は急ぎ足で部屋に戻ると、すぐに父の封筒を開けた。のりはご飯粒を潰して貼ったらしく、普通の封のところは開かず、底の方から少しずつ開けた。手紙と郵便為替が同封されていた。

寮費の一か月分九円と生活費としての六円、合計十五円だった。この六円は万一のことがあって東京へ帰って来る汽車賃が含まれていたが、両親の苦労を思って、聖太は為替を押し戴いた。どうやって収入を得ているのか、無駄には使うまいと決心した。

もう一通の裏表を改めて確認した。学校宛になっているのが不思議だったし、発信人の住所にも名前にも記憶が無かった。ただ封筒の色は殺風景な寮の空気の中では、異色の輝きを放っていた。美しい封筒だった。

地は極めて薄い黄色なのだが、表の下三分の一は目が醒めるような紫色で、一番下が濃く、上へ行く程ぼかされていた。

もしかしたら、これが女文字と言われている字かもしれないと聖太は思ったが、住所は東京の中野区となっていた。行ったこともなかった。事務所廻しかなと感じ、父からの手紙を先に読んだ。

家を転々としているが、今は本家の寺の境内にある長屋の一室を借りている。数日後に杉並のおばあさんの家に移る。おじさんは徴兵で出征し、どうやら南方へ送られたようだ。杉並のはずれの家に残されたおばあさんとおばさんと子供は、おばさんの故郷の岐阜県の方へ疎開して家が空くので、そこへ落着くことにした。母さんは時々大きな溜め息をしているが、前よりも元気になった感じがする。薬は先生を紹介してくれた植木屋さんが先生の所に取りに行ってくれたので助かっている。食料を手に入れるのには苦労しているが、お寺から時々分けてもらって、なんとか食べているので心配無用にと、近況が一枚の便箋に書き込まれていた。

身近にいると感じないが、遠く離れた津軽にいると、叔父や叔母や殊に母方の祖母がとても懐しく思えた。要するに母の弟が南方の戦場に出征したので、母の母である祖母は嫁である叔母の出身地の岐阜県の方へ疎開するので、その空いた家に父と母は移るとのことだった。

ふと欄外の下の方に、小さな字で何か書いてあるのに気がついた。便箋を目に近づけて見ると、それは生れて初めて見る母の字であった。チビた鉛筆を舐め舐め書いた字であることがひと目でわかった。

「せんたくをして、シャツをきがえなさい」

それだけであった。やっと書いたとしか言いようのない母の字であったが、聖太の目に涙が溢れた。母の愛のすべてがこの僅かな字にこめられていた。紙を持つ聖太の手がかすかにふるえた。手の甲で涙を拭った。

聖太は生来の虚弱児で病気勝ちの上に、小学校一年の二学期の秋には急性中耳炎で左耳の大手術を受け、今でもその傷痕が耳の裏に長く深く残っている。三学期は全休し、二年の五月にやっと登校出来た程だった。運動能力ゼロのせいもあって、聖太に対する母の気づかいは大変なものであった。洋服や寝間着の着替え、鉛筆削りはもとより、五年生まで風呂は母と一緒で、六年生の京都奈良への修学旅行には、学年でただ一人、母がついて来た。恥ずかしくて聖太はずっとうつむいて歩いたので、京都や奈良の風景の記憶は全く無かった。聖太が多少なりと男の子らしくなったのは、中学一年で初めてプールに入り、級友の大声援を受けたら五メートル泳げ、自分にも運動神経があると知って感動し、以来水泳部に入って猛練習に耐えるようになってからであった。しかし、皮肉にもその年の十二月八日に大東亜戦争が始まった。

そして、勤労動員で工場で働かされた四年生の秋に、聖太ひとりが心に大打撃を受けた教育勅語による殴打事件で厭戦に陥り、宮城のある東京を嫌悪して弘前高等学校を受験し合格。さらに年を越して、中学卒業を数日後に控えた三月十日、呪うべき大空襲で辛うじて死地を脱したが反戦主義に陥り、そのまま遙々津軽へと旅立って来た。こんなわけで、この生れてから十六年の歳月の間に、知りあったり遊んだりした女の子は、幼稚園の頃から一人もいなかった。もしいたとすれば、あの白い木蓮の人との一瞬だけだった。

封を丁寧にはがそうとする前に、もう一度宛書きを確かめたが、青森県弘前市弘前高等学校内、如月聖太様と書かれていた。

出て来た便箋は三枚だったが、聖太がびっくりしたのは、これが女の人が使う便箋なのか、戦争中で欲しがりませんん勝つまではの標語が、東京にも弘前にも無数に街のあちこちに掲げられているのに、生れて初めて貰った手紙だが女の人はこんな時代にも、自分を美しく飾ろうとするんだなと思った。便箋の隅には、色の薄い絵の具で、竹垣と朝顔の花が描かれていた。加えて文字は優しく綴られていて、書いた人の美しさがそのまま滲み出ているようであった。

「突然のお手紙でさぞや驚かれていることと思います。ごめんなさいね。私を覚えていらっしゃいますか。もしかしたら、全くご記憶に無いか、さもなければ忘れていらっしゃると思います。

小学校で四組にいた長部沙耶子《おさべさやこ》です。その上同じ町内だったのに、一度も遊んだこともお話をしたこともありませんでした。

でも私は五年生の時に、聖太さんが五年一組の級長をなさっていたので覚えています。好きでした。子供心に片想いだったのかしら。

いちばん深くて強い思い出は、あの空襲の夜が明けた朝早く、隅田川の川岸にあった両国公会堂の角で、偶然ばったりお会いしたことですわ」

沙耶子と両親と小学六年生だった妹は、空襲が始まって、火の手が上り始めた頃に鳴った空襲警報で家を飛び出した。父親がすぐ近くの電車道を渡った所にあった青果市場《やっちゃば》に勤めていたので、強風の中をまずその建物を目指して逃げた。

しかし、市場に高く積んであった野菜を運ぶ木箱の山に火がついて燃え始め、それが強風で崩れ、しかも市場を取り囲んだ塀の中を風に乗ってぐるぐる回転するのを見た父の判断で、市場を脱出し、隣の区役所と震災記念堂の間の道路を走って、隅田川畔の旧安田財閥の庭園だった安田公園へ逃げた。ここは真ん中に大きな池があり、普段は子供達が飛び石に乗って、ダボハゼ獲りで遊んでいた。

時間差からみると、どこかで聖太一家三人と長部一家四人は、火と風の中でスレ違っていたはずであった。幸運だったのは、両方の家族が死体でなかっただけのことだった。同じ町内の道に焼け木杭のようになって転がらずに、かすかではあったが安全な場所まで生きていた。自分達の足で烈風の中を歩けたのであった。

夜が明けて少しあたりが見え始めると、聖太のいる両国駅ホームからは南側の国技館が鉄骨だけになって黒々と聳え、西の方にはまるで雲が下りたかのように、硝煙がどっしりと焼野ヶ原と化した下町を覆っていたが、火の手は見えなかった。家の様子を見て来る、ついでに工場がどうなっているかも、必ずここにいてよと言って、聖太は自分の外套を脱いで椅子に座っている母に掛け、父に念を押してホームに出た。工場は家の隣の二丁目にあり、途中に出身の小学校もあった。そのためには安田公園の手前の両国公会堂の角を曲って行く方が早道で、あとは一直線だった。

沙耶子は卒業後大手銀行に勤めることになり、丁度昨日から新人講習が始まっていたが、果して丸の内方面は焼けているのかどうかがわからなかった。電話は全く通じないと、親切にも公園の塀沿いにあって、樹々が火を防いでくれたのか、幸い焼け残った一軒の家の人が教えてくれた。親子四人が公園へ逃げ込んだ時一緒になり、火の手の明るさで家が焼け残っていることがわかり、長部親子を招き入れてくれたのだった。隅田川越しに見える日本橋、柳橋、浜町、蔵前方面には硝煙が霞のようにかかり、浅草方面は松屋デパートが焼野ヶ原の上に聳え立っているのが望見された。しかし、電車もバスも通らず、下町は陸の孤島のように、そして、数時間前は何事も起らなかったかのように森閑と静まり返っていた。漂いながら強く鼻を突く硝煙による匂いだけが生きていた。

「私、銀行へ行って来る。歩いて。もしかしてあっちの方はなんともなかったかも」

居合わせた皆が今日は休んだ方がいいんじゃないかいと止めたが、沙耶子は防空頭巾を被り、家から逃げる時に肩に掛けていた鞄を背負うと、両国橋の方へ薄明りの中を速足で急いだ。

公会堂の角で二人は危くぶつかりそうになった。

「あ」

「あっ」

思わず声が出る程の出会いだった。

「すみません」

聖太はそう言って一歩左に寄った。

「ごめんなさい」

沙耶子は軽く頭を下げ、体をはすにして、塀際を通り過ぎた。互いに二、三歩遠ざかってから、聖太が気づいた。

「……あの……長部さんちの……何て言ったっけな……」

「はあっ、私ですか」

沙耶子が振り向いた。

「まあ、聖太さん……如月さんの……」

思わず二人は歩み寄った。

「そうだ、さっちゃんだよね。防空頭巾でわからなかった。よかった。生きてたのね」

聖太はいきなり頭巾ごと沙耶子の首を抱きしめた。初めて出会った生きている人だった。

「生きてたんだ。生きててくれたんだ。ありがとう」

自分でも何を言っているのかわからなかった。ほんの刹那の時間の抱擁だったが、沙耶子はじっと抱かれていた。聖太は手の力をゆるめ、沙耶子の両肩に置いた。

「どこへ、どこへ逃げたの」

聖太は聞いたが、沙耶子はなぜか虚ろな目をして聖太の顔を見た。生れて初めて男の人に抱かれた。そんな感覚が体中をめぐった。沙耶子は目を閉じた。体が少し前に倒れ、頭巾の端が聖太の肩にかかった。聖太は肩にかけた両手をやや伸ばして、沙耶子の背を軽く抱く形になった。しかし、それは数秒だった。沙耶子は体を元に戻した。二人は両手の指と指をからませていた。

「どこへ逃げたの」

「安田公園、聖太さんは」

「両国駅、ホーム、客車の中」

「ご家族は。うちは無事だったわ」

「僕んところもだ。親父もおふくろも」

「生きていたのね。生きられたのね」

沙耶子は聖太にもたれかかるように、聖太の胸に左の頬を寄せた。聖太はそっと抱いた。

「そう、そうなんだ。生きてたんだ」

元気かとか、元気でなかったではなかった。生きている、生きていられたことだけがすべてだった。聖太は沙耶子の両腕の付け根をぎゅっと掴んで引き起した。家族を除いて、二人とも初めて出会ったこの世に生きている人なのであった。

「これからどこへ」

「うん、僕は今月中に弘前へ行かなくては」

「ひろさき？　どこにあるの」

「青森県」

「そんな遠く。なぜ」

「うん、いろいろあってね」

聖太はやっと気づいた。この人は幼稚園から一緒だったあの女の子だったんだ。皆がさっちゃんて呼んでた子だ。どういう字を書くんだっけ。とても難しくて、沙耶子って、といつだったか皆が話してた。小学校では男女別々の組。卒業すれば男の子は中学校へ、女の子は高等女学校へ進む。そうなったら、もう男と女は別の人類だった。兄と妹、姉と弟が並んで歩いていても、不良呼ばわりされた。母はいつも父の斜め後ろを歩いていた。僕がこの子を知ってはいたが、知らないのも同然だったのは当り前だったんだ。あそこで出会ったのは、偶然中の偶然だったのだと思った。でも、あの時ほんの僅かな時間だったけれど、初めて女の人と話した。生きていてよかったとも。

沙耶子は書きながら考えた。なんで自分は聖太さんにこうして手紙を書く気になったのだろうかと。幼稚園の頃、しょうちゃんという男の子が割合家の近くから学校へ来ているのは知っていた。だけど小学校六年女学校四年、合計十年もの間、同じ町内に住んでいたのに、姿を見たこともなかった。

それなのに空襲の夜、あの日は私の十六歳の誕生日で、二日前に卒業式があった。逃げた。火がすぐ後ろから追いかけて来た。凄い風に吹き倒されそうになるのを、父が妹と私を左右に抱きかかえるようにして走った。

と言うよりも、一歩一歩を踏みしめて歩いた。母が父の後を押した。青果市場は火の海だった。父がかすかにここは駄目だと言い、区役所の横を曲って、まだ火が来ていなかった道を安田公園に辿り着いた。そして、父の知りあいの人の公園沿いの家の玄関に入ったまではっきり覚えていたが、そこで疲れ果てて眠り込んでしまった。普段なら家からここまで三、四分の距離なのに、何時間もかかった気がした。そのあとはよく覚えていない。

そして、両国公会堂のあの角で、ばったり聖太さんに出会った。初めて生きている人を見た。力一ぱい抱きしめられた。ああ、助かったんだと思ったのと、男の人に生れて初めて抱かれたという気が重なって、全身から力が抜けた。と同時に、体の奥の方や腰のあたりから何かがぐぐっと頭の方へ突き抜けて来た。気持ちが良かった。腰のあたりに快感が走った。瞬間そこへしゃがみ込みそうな気がしたが、聖太さんが両肩をしっかりつかまえてくれた。でも前に倒れそうになって、聖太さんの胸か肩のあたりに、防空頭巾とおでこをもたれかけさせた。聖太さんの「生きててくれたのね、ありがとう」という声が頭の中に優しく響いた。

どうしてありがとうって言ったのだろうと、沙耶子はちょっとペンを止めて考えた。でもあの日の朝は、生きているだけで、人間であるよりも素晴らしいことだったんだわと考え直した。

しかし、あれから一か月以上もたって、隅田川沿いの桜はみな花びらを水の上に散らしてしまったのに、聖太さんにいきなり抱きしめられた時に、体を下から突き上げるように貫いて、思わず膝ががくっとなったあの快感にも似た感覚は、未だに体の中に残っている気がするのはどういうわけだろうか。

早く言えば、あの時私は見習い二日目の新米の銀行員ではなく、数え年で十七歳の女だったのかもしれない。女ではなくて、「おんな」と平仮名で書いた方が似合うようなおとなの「おんな」だったのではなかったろうか。でも、そんなことは手紙に書くのは恥ずかしい。

「あの時、聖太さんは私の耳もとで、生きていてくれたのね、ありがとうと言ってくれました。そうです、私達は生きていたんですね。聖太さんの言った意味がよくわからなかったけれど、あのあと、お別れしてから両国橋を渡ったら、たくさんの人が水に浮いているのが見えました。顔を両手で隠して、見えないようにして、橋の真ん中を走りました。こわかった。とても恐ろしかった。そして、日本橋の方へ渡っても、亡くなった方達が道に転がっていました。銀行の本店がある丸の内のあたりは何ともありませんでした。帰りは銀行の男の行員の方が家まで送ってくれました。一週間休んでよいことになりました。本格的な新人講習は四月一日からでした。その間、泊る所が転々として、今居る所は母が娘時代に長唄を一緒に習っていた妹弟子に当る方のそのまた知りあいの方の家ですが、四月一ぱいで他に移るとかで、父が探していますが、父は青果会社がいつ再開出来るのか見当がつかないらしく、げっそりやせました。

ほんとうに戦争って嫌ですね。なんでこんな悲しいことを。誰が始めたのでしょうね。

お手紙を書こうと思ったのは、新聞に出ていた桜の便りで、弘前城の桜は来週が満開と書いてあったのを読んだからです。北国ですね。東京より一か月近く遅いんですね。

寒い所らしいから、風邪を引かないように。

またいつか、きっと生きて会いましょうね。

かしこ」


聖太は嬉しさのあまり窓をがらりと開けて、

「ありがとう――。さやこ――さ――ん」

と、空に向けて大声で怒鳴った。郭公は鳴かなかったが、あちこちの部屋から、うるせーぞーというだみ声が返って来た。聖太は手紙を鷲掴みにして、事務室へ走り、通路側の窓を外から開けた。

「彼女でした、彼女でした。同じ町内の小学校時代の女の子でした。僕の好きな子でした。空襲の翌朝一番に出会った生きてる人でした」

え、ほんとかなと思わず心の中で自問自答したが、舎監と事務員達は大声で笑って、

「よかったねー。あずましいでば」

と、言った。えっ、なんて言ったんですかと聖太が聞き返すと、津軽の衆達はまたどっと笑った。

聖太は部屋の押入れの中のいつもロー勉のローソクの光が一番良く当る白壁に、まるで神社の木のお札を置くような形で沙耶子の紫の手紙を立てかけ、ぱんぱんと柏手《かしわで》を打って、頭を下げ、押入れは神域となった。

こういう時は、もしかしたらあの白い木蓮の人にと聖太は連想した。沙耶子とあの人の面影には共通点があるような気がした。色の白さ、黒髪の艶やかさ、切れ長の眼、優しいほほ笑み。聖太は高下駄を鳴らして、白い木蓮への道を急いだ。教会も赤煉瓦の塀も川の水も、すべてわが友である気がした。

木蓮は満開だった。手品師が洋服の内ポケットから取り出す白い小鳩のような花が、あたりに輝きを誇るように、純白の塊となって咲いていた。

しかし、雨戸は閉じられたままであった。雨戸のあたりだけに、春にはふさわしくない北国の冷たさが漂っていた。聖太は格子になっていて、植込みとほんの僅かだが玄関が見える門の方へ歩いてみたが、人の気配は無かった。

ふと門柱に少し色があせている部分があるのに気づいた。表札が取り付けてあったところだ。引っ越したのかなと思って近くを見廻したが、人影はなかった。

向うからこの街にあるミッションスクールの女子生徒三人がお喋りをしながらやって来た。聖太は近づいて聞いた。

「あのう……この近所の方ですか」

すると三人は手を振ったり首を振ったりした。聖太がここの家のと言って近づくと、三人はキャーと声を上げて、一目散に走り去った。聖太はきょとんとした。三人は三〇メートルぐらい向うから、何がおかしいのか、聖太の方を見て笑いあっていた。高等学校の学生など若い男と外で話してはいけないという校則でもあるのか、それともキリストの教えなのかと、聖太は少し腹が立った。

その様子を女の子とは反対側の道の電柱に寄りかかり、煙草をふかしながら眺めていた男がいた。小柄だが長めのレインコートに鳥打帽姿であった。

聖太は帰りの道を急いだ。木蓮の白い花の美しさには満足したが、表札がなくなっていたのが気がかりだったし、あの三人の娘の素っ頓狂な仕草と笑いには、なんでぇ、あいつらと江戸弁で腹が立った。

「あ、ちょっと」

後ろから声がした。鳥打帽の男だった。

「はあ」

「ちょっと伺いますが、あの家の方……」

「いえ、ではありません。白い木蓮が満開で、あまりにも綺麗だったんで見とれていただけです。何か……」

「は、あ、そうですか」

「あのお宅のお知りあいですか」

「え、いや、まあ、ちょっと」

「表札がありませんでしたが、引っ越されたんでしょうか」

「あ、三、四日前に……出て行かれたようでしたが……」

「どちらへ」

「いや、それは知りません。失礼しました」

鳥打帽をぎゅっと被り直すと、コートのポケットに両手を突っ込んで、背を向けて足早に行ってしまった。

そうだ、寮へ帰ったら、沙耶子さんに返事を書こうと思った。それには便箋と封筒がいるが、ああ、お金が来たばかりだ、先に郵便局でお金をおろそうと思い立ち、郵便局で為替をお金にし、内ポケットにしまうと、落したら大変だと、服の上から胸を押えて歩いた。

「ただいま」

事務室に声をかけた。窓が開いて事務員が、

「ラブレターの返事を出して来たかい」

と、冷やかし半分に聞いた。

「いえ、お城へ行く途中、ちょっと遠廻りになりますが、白い木蓮の花が咲いている家があるんです。僕、木蓮の花って初めて見たんです。本当に綺麗ですねえ。手紙の返事はこれから書きます。でも便箋も封筒も持っ

てないんです。どこに買いに行けばいいですか」

「学校の購買部に、あ、もう五時でしまっちゃうな。明日だな。でもラブレターを書くような上等なのはないかもな」

「普通のでいいんです。文章さえ良ければ」

「はっはっは、言うねえ。二度目が来るのを期待してるよ」

「必ず来ます。いや、書かせます」

熊さんが鐘をチリンチリンと鳴らしながら、小使い室を出て行った。静かだった寮内が突然活気づいて、大勢の足音が床に轟いた。

その夜のことだった。

ロー勉をしていると、廊下側の窓ガラスがコツコツと鳴った。ローソクの火を吹き消して押入れから降り、窓ガラスを少し開けると、舎監が立っていた。小声で言った。

「ちょっと。ちょっと来てくれ」

「何ですか」

「ここでは話し難い。事務室へ行こう」

聖太は急いで学生服に着替えて、舎監の後について歩いた。事務室に着くと舎監は片隅の机の上にローソクを立てて火をともし、聖太にここへと椅子をすすめ、電気を消した。

「君がさっき言ってた白い木蓮の家は、五重塔の寺を通って、前の道を真直ぐ行って、堀端に出たその先だろう」

「そうです。よくご存知ですね」

「いや、注意しておくがね。あの家には近寄らない方がいい」

「えーっ、なぜですか、木蓮の花を見に行ってもいけないんですか」

「なるべくなら遠ざかった方がいい」

「なぜですか」

舎監の話では、大正の終り頃創立された多くの高校では、昭和の初期にかけて、左翼運動が非常に盛んであったこと。その中からは実際に社会に出てからも、その方面のリーダー的役割を果した人もいるが、原田というあの家の息子は、地元だから寮に居たことはないのだが、在校中は社会科学研究部略して社研のリーダー的存在であった。当時は寮にもしばしば憲兵警官が臨検と称してやって来て、不意打ちの調査が行われたらしい。それは他の高校や帝大でも同じ様な傾向があった。その息子は現在は兵役に就いていて、どこかの戦線に送られているとのことだが、あの家は今でも左翼の連中が出入りしているらしくて、官憲の眼も光っているとも聞いている。関係も無いことに巻き込まれないように、十分注意して行動した方がいいとのことだった。

「そう言われれば」

と、聖太は舎監に顔を近づけた。

「変な男が後をつけて来て、あの家と何か関係があるかみたいなことを聞きました」

「……そうか……それは黙ってろ……誰にも話すな……いいか」

「はい……もしかしたらですね」

「ふむ」

部屋へ戻ると、聖太は押入れを開けて、父からの手紙を、沙耶子の手紙と並べて立てた。あらためて母の「シャツをきがえなさい」の有難味が身にしみた。

しかし、あの白い木蓮の家のあの美しい人のお兄さんがいわゆるアカと呼ばれていた左翼の共産思想の人だったり、あの鳥打帽の男が、もしかしたら警官か憲兵か特高と称される特別高等警察で、しかも昔の高等学校の多くが、思想統制の対象だったりしたのを知ると、聖太は自分の中学時代の教育勅語発言と照らし合わせて、自分がなにかしらないが、歴史の流れの中にいつの間にか存在している人間のように思われた。

万年床にごろりと横になった。暗闇の中で天井を見つめると、部屋の中にロープを張って、そこにぶら下げた洗濯物がぼんやりと見え、ほんの僅かな時間しか会わなかったはずの沙耶子の面影が浮んだ。それが瞬間に消えると、そのあとにあの白い木蓮の家の人の一瞬の面影が重なって消えた。似てると聖太は思った。春の雨がかすかに窓を打つ音が静けさの中で聞こえた。

四月末から五月初旬にかけて、お城の桜は満開だったが、花見客はいなかった。それどころか、安全と思われていた東北の街にも、空襲の危険が及んでいるとのことであった。

寮にはラジオは無く、新聞も取ってないので、一体戦争がどうなっているのかほとんどわからなかったが、日本軍が連戦連勝で、敵の艦隊は全滅に近い状態であることは、寮生の誰かが聞いて来て伝えた。その一方で、市内に大学受験のために下宿していたはずの数名の三年生が、学徒出陣で帰京して行くのが、どこか辻褄が合わない気がしないではなかった。駅前ストームはご法度になり、親しい数人が見送る程度になった。

校内と寮内では煙草は厳禁となり、もしも吸ったことがバレると、即座に退学させられる決まりが出来、酒も同じくとなった。しかし、市内か近郊の村で自家製の酒があるらしく、二浪三浪ではたちに近い年齢の学生は、どこからか仕入れて来て、こっそり飲んでいるらしく、時々赤い顔をして、丼の大根めしを食べている寮生もいた。聖太はまだ十七歳なので見たこともなかったが、ドブロクという白く濁った酒で、この地方ではダクとも言うそうで、驚いたのは、今頃の季節だと、一升びんに入れて、田んぼの泥に差し込んであるという話だった。

それを田んぼから引き抜いて来るのではなく、ちゃんとその上澄みを、一升五十銭か六十銭で買ってくるそうで、日本酒よりもうまいとのことだった。

そんなに簡単に手に入るのに、花見客が少ないせいか、酔っ払いはいなかったし、弁当をひろげている人も見当らなかった。その静けさが聖太に十年以上も昔の思い出を蘇らせた。

七五三の五歳の祝いの時だった。

母に連れられて、隅田川畔の神社へ行った。拝殿に座っていると、巫女さん二人が手にした盃にお神酒《みき》を注ぐ段取りになった。母は料理屋の娘に生れ育ちながら、酒は一滴も駄目だったので、注ぐ真似だけして貰った。

ところが、聖太の小さな手に持った赤い盃には、やはり真似だけしようと思ったのに、どぼっと入ってしまった。聖太はおねえちゃんはたくさんくれたと喜んで、一気に飲み干し、しかもおいしいと感じて、おかわりと言って盃を差し出した。

巫女さんは笑って、さっきはごめんなさいと言いながら、注ぐ真似をしようとして失敗し、またもやごぼっと大量に注いでしまった。

慌てた母は聖太の手から盃をもぎ取り、勢い余って、それを一気に飲み干した。あらいけないと言ったが、時すでに遅しであった。

帰りに隅田公園のベンチに仰向けにひっくり返った母を、母が帯に挟んでいた扇子で、

「かあちゃん、ダイヂョーブ、ほんとにダイヂョーブ」

と言いながら煽ぎ続けたのは聖太であった。城の天守閣で、夕陽が沈む津

軽富士を眺めながら、聖太は母が恋しくなった。きっと沙耶子さんも白い木蓮の人も、母のように優しい心を持っているに違いないと想像した。

逆に親元を離れての気ままな暮らしに寮生が馴れて来たのと、街の人が書生さん書生さんと呼んで大切にしてくれる甘えが重なったのか、寮生による悪意の無いいたずらが頻発するようになった。

その一つが看板の置き換えで、夜な夜な数人で出掛けて行って、魚屋の看板を八百屋の前に掛けたり、葬儀社のを結婚式場の前に置いたりしたが、白眉は繁華街から少し入った所にあった性病科病院のまるで時代劇映画の剣道場の玄関入口に掲げてあるような白木の厚い板に、「性病科」と大書してあった看板を、ミッションスクールの玄関入口に置いて来たことで、キャーキャーと大騒ぎになり、この時は学校側が怒鳴り込んで来たらしく、夜になって寮生全員が芙蓉堂に集められて、舎監から説教された。しかし、私がやりましたと誰も名乗り出ず、結局うやむやになった。

寮生はリンゴが実る秋を待っていたのだ。それは入寮間もなく、一年生を皆集めて、二年生がリンゴ泥棒の伝統的北溟寮的やり方を、実演しながら伝授していたからであった。

「いいか、必ずリックサックを持って行け。他の籠や風呂敷では駄目だぞ。そして、リンゴ畑に入る前に、リックを体の前に、口を上にして抱くように持つ。そして、右利きならば、左手で口をひろげておいて、右手でリンゴを取る。リンゴは引っぱったら駄目だ。必ずゆっくり廻して取る。引っぱるとヘタが取れたり、木の枝がゆさゆさ揺れたりして、すぐに見つかる。見張り番が必ずいるからな、注意しろ。そして、取ったリンゴをリックの中にそーっと入れて、次のを取る。われわれぐらいになると十箇ぐらい取るが、一年生では馴れていないので、せいぜい五箇ぐらいにしろ。それからリックの口の紐を締めるが、必ず花結びにしろ、いいな。必ず花結びだぞ。そしてリックを逆様に背負う。逆様だぞ。なぜなら見つかって追いかけられた時に、紐を引っ張れば、口が開いて、リンゴがざーっと落ちて軽くなるから逃げられる。これを固結びにしたり、まともに背負ってたりすると、重くて逃げられない。捕まると、警察へ連れて行かれるか、下手すると見張りにその場で袋叩きにされるからな、注意しろ」

これだけ教えられれば、一日もいや正確には一晩でも早く実行して、スリルと取りたてのリンゴの両方を味わいたいと思うし、それが男だ。看板の取り替えはその練習台なのだった。

お城の桜がすっかり散って、お堀の水面に花びらが敷きつめられていた頃だった。応接間の前を通ると、中から爆笑哄笑の声が聞えた。のぞくと、久しぶりに見た桜館孝男を取り巻いて、南寮二棟つまり桜館がいた棟の

寮生が七、八人と、それにまじって舎監や事務員がいた。どうかしたのと入って聞くと、

「まあ聞けよ、笑っちゃうぜ。桜館さんの絵が展覧会で一等賞、つまり金賞になった」

「へえー凄いじゃないの。桜館さんは剣道は二段か三段の腕前って聞いてたけれど、絵の腕前も凄いんだ。さすがあ」

「それがな」

舎監が苦笑いしながら言った。

「この展覧会だったんだ」

ひろげて差し出されたポスターには、「護国の桜えんぴつ画展」と書いてあった。地元の出版社の主催だった。

「いいじゃないですか。これの一等ですか」

また全員がどっと笑った。
「それがなあ………ここを見ろよ」
桜館が指差した隅の方を見ると、出品は護国の守りの婦人に限ります
と書いてあった。
「えーーっ、女じゃなくちゃいけなかったのォ。それがまたどうして桜
館さんのが」
「あのなあ、こいつらが、誰がやったか知らないよ、俺の見てないとこ
ろで、孝男の男を子に直して、孝子にして五日前に持ってったんだ」
「そうしたら、さっき出版社から電話が来てさ、桜館さんの絵が金賞
になりました。高等学校の寮には、女子学生もいるんですか、それとも
事務の女の人ですか。とにかく賞品を差し上げますから、明日取りに来
るように桜館さんにお伝え下さいって」

またもや腹を抱えての大爆笑になり、話した事務員は当惑した表情になった。

「わははは。で桜館さん明日行くの、その顔で。大騒ぎになるよ出版社は。狭い街だからあさっての朝刊は売れるぜ」

「弱ったなあ、どうしよう。智恵はないか」

「ないね。嘘つきは泥棒の始まりって言うだろ。泥棒に加担したくはないね」

「情無いこと言うな」

明日は行かない方がいいだの、桜館孝子は病気で代りに来ましたと言えとか、勝手な言い方が出たが、桜館も舎監も頭を抱えるだけで、妙案は一つも出て来なかった。

「正直にゴメンナサイって言った方がいいんじゃないの。過《あやま》ちは憚《はばか》ることに勿《な》れって言うからなあ。でも自分で作った自作自演の過ちだよなあ」

と、聖太がぽつんと言うと、桜館がうーん、やっぱりそれが一番かなあ、でも言い出しにくいな、計画的だもんなと、尻込みもした。

「よし、全員で行こう。全員で出版社の玄関に土下座して、私達がやりましたと、手をついてあやまってしまおう。責任分散だがな」

曖昧な衆議が一致して、明日の夕食後七時頃に伺いますと、事務員から電話させることにした。驚くぜえ出版社はと、寮生は快挙達成を決意した。

「だいたい最初から桜館孝子さんて言えばよかったんですよ、出版社の人が。それを桜館さんて方いますか、その方の絵がって言うからこんなことに……」と事務員はぼやいた。

「それを言うな。それを言ったら元も子もないよ。七時に行きますだけでいいよ」

寮生全員では大袈裟になるので、桜館がいる南寮二棟の寮生だけで行くことにした。

翌日午後六時半、寮生達は講堂前に集った。全員がいたずらっぽい顔をしていた。舎監と聖太は校門まで見送った。

寮生達ががやがや喋りながら角を曲った時だった。ん？　と聖太が気がついた。先生と小声で言って、舎監の洋服の袖を引っ張った。

「向うの小学校へ行く道から出て来た人がいるでしょう。あの帽子を被った人」

薄暗い中を舎監は瞳をこらした。

「あの男ですよ。昨日僕が言った男は」

出ようとする聖太を舎監が右手を差し出して止めた。そして、あの男を尾行するかのように、赤煉瓦の塀に背中をつけて横に歩くと、細い道を曲った。先廻りしよう、しかし、決して変な素振りをして気づかれるなよと言い、次には急ぎ足になって、繁華街を横切る川の所で寮生達に追いついた。

出版社へ着くと、あまり広くもない玄関のロビーに寮生達は履物を脱いで正座して座った。現れた社長は眼をまん丸にして驚いた。

「申しわけありません」

桜館が大声で言い、両手を床について、深々と頭を下げた。寮生達も一斉におじぎをした。玄関の外に立っていた聖太も下げた。

「ど、ど、どういうことですか」

桜館が委細を話すと、社長は大笑いした。

「へえー、面白いことがあるもんですね。こりゃ新聞ダネになりますな。

でも、まあ、正直にしかも友達の過ちを詫びに、こんなに大勢で。ありがとうございます。かえって私の方が感動しました、ありがとうございます」

「お願いがあります」

桜館が改まって切り出した。それ以上の打合わせはしてなかったぜと寮生がどよめいた。

「二等賞の方を一等金賞にして下さい」

「えっ、それは……応募作品なので……あらためて……協議……いや審査して……」

社員らしい人が社長に耳打ちした。

「あ、そう、そうでした。実は二等銀賞の作品は、匿名で。女の方ですが」

「発信地は」寮生の一人が尋ねた。

「それがですね、作品を丸めて、それを渋紙みたいな紙で包んであったので、消印が捺し難かったらしく、よく読めませんが、弘前市内であるのは読み取れました。あ、そう、手紙が添えてありましてね。確か……私は三姉妹ですが、一番上の兄は学徒出陣で戦場に征き、先頃、戦死の公報が入りました。兄は桜の花が大好きでしたと、大体こういう内容のもので、私も拝見しました」

「その絵はいつ頃来ましたか」

聖太が大声を出した。おう、来てたのかと振り向いた寮生達が声を上げた。また社員が社長に何やら囁いた。

「割合早くて、四月の十日頃だそうです」

「桜はまだ蕾ですね」

「まあね」

「木蓮の白い花が……」

と言いかけた時、舎監が聖太の手を握った。首をちょっと振って、それ以上言うなと合図した。道路の向うの街燈の陰にあの男が立っていた。

「その絵は作者に返すんですか」

「はあ、明後日から十日間展示しまして」

「桜館さんのことは間違いなくお願いします。孝子ではなく孝男ですよ」

寮生の弥次にどっと笑いが起った。

「ではこういうことにしましょう。桜館さんの作品は、応募規定に合わなかった上に、ご本人の申し出もあったことにして、いまこの場でお返しします」

拍手が起った。社長は社員に持って来るように合図した。聖太が身を乗り出して言った。

「その匿名の絵はどうするんですか」

舎監は思わず振り返って街燈の方を見た。あの男の姿は見えなかったが、舎監はまた聖太の袖を摑んだ。

「あれはですね、一応展示します。もしかして気が変って期間中に名乗り出るかもしれませんからね。そして、入選や佳作の発表は初日にやろうと思っていましたが、最終日の夕刊か翌日の地元紙の朝刊にします。あれは匿名であって、桜館さんのように偽名ではないのでね」

寮生達があははと笑った。

「しかし、あなた達は実に素晴らしい友情を持ってますね。やったことは一見滑稽ですが、私は感動しました。皆さんのように心を寄せ合わす気持ちがあれば、挙国一致で日本は必ずこの戦争に勝ちます、絶対勝ちます」

「関係ないよ」「それとこれとは別だ」

寮生から小さい声でつぶやきが洩れた。

「お礼に図画鉛筆を、賞品に使うんですが、これを一本ずつ差し上げます」

「普通の鉛筆の方がいいなあ、図画鉛筆貰っても、画用紙がないもん」

と寮生。

「そりゃそうですねえ、じゃ鉛筆に」

桜館の作品が返され、また拍手が起った。

「ありがとうございました」

桜館が床に手をついて礼をすると、

「ありがとうございました。ダンケー」

と、寮生達も稲穂が風に靡くように、一斉に頭を下げた。そして、立ち上って、ぞろぞろと玄関を出た。勝手に喋りながら歩いた。

「あの男、なんなんですかねえ」

聖太が舎監に聞いた。舎監は小声で答えた。

「……もしかすると……特高かな……だとすると……何かが起ってるんだな……」

「学校にですか。それとも寮に」

「いや、そうかもしれないし、そこはわからない。もう少し様子を見ないと……とにかくあの男のことと白い木蓮の家のことは誰にも言うなよ」

「はい、わかりました。それにしても、桜館さんが時々咳をしますね。それも深い咳を」

「うん……私もちょっと気になってた」

帰寮すると、聖太はすぐに桜館の部屋に行った。桜館は万年床に寝ていた。枕もとに返された絵が置いてあり、鉛筆が乗っていた。

「よかったですね、これがその絵ですか」

「ありがとう。皆のお蔭で」

「いえ、それよりも桜館さん。時々深い咳をしますね。風邪ですか。ずっと前から」

「いや、今週になってからね。来週医者か病院へ行く積りだ。いまゲルピンでね。来週はクニからゲルが来るんだ」

「僕が立て替えましょうか。僕は来たばかりですから。早い方がいいですよ」

「ありがとう。火曜日には行くから」

「じゃ、あさっての日曜は教会に行きますか」

「うん。今週は熱っぽくて休んだ」

「お願いです。僕を教会に連れて行って下さい。桜館さんに聖書の存在を偶然教えて貰ってから、時々聖書を読んでいるんだけど、教会イコールイエスみたいな感じがするんだ」

「その通りだ」

「で、一回でも教会へ行ってみたいと」

「わかった、一緒に行こう」

「よろしく。なにかいま手伝うことない」

「ありがとう。押入れにある洗面器を下ろして、そこのヤカンに水汲んで来てくれない。君は親切だなあ。東京の人って皆そうなのかい」

「いやあ、下町育ちだからな、人は皆友達みたいなところがあるのかもね」

言われた通りにしてから、聖太は部屋に帰った。押入れを開けて、ローソクにマッチで火をつけ、じっと二通の手紙を見つめた。その前に、図書館から借りて来た聖書と、社長がくれた鉛筆を置いた。そこにだけ心の安らぎがあるような気がした。でも今日は寮生は皆良き友人であることを確認したようだった。

深夜、桜館は突然洗面器に血を吐いた。

朝、食堂へ行く廊下の水道場に、血らしいものが流れているよと小使い室に来て寮生が言ったので、宿直だった熊さんが見に行ったのが、事の発端だった。確かに血らしいものが流れていたが、怪我をした傷を洗った程度ではなかった。しかし、原因は不明だった。

その日の午前、文甲と文乙は二手に別れて、学校に隣接して連なる弘前師団の兵舎の向うにある草原の丘で軍事教練をし、もしかすると、師団長閣下がそれを査閲に来るかもしれないというので、朝食は三〇分早めに用意され、聖太達は久しぶりに靴を履き、倉庫から教練用の三八式歩兵銃を持って、原っぱへ向っていた。

銃がなぜか足りなかったので、五、六人は木銃を担いでいたし、靴がなくて、草履や下駄を突っかけている学生もいた。ちゃんとした服装をしているのは、地元出身で自宅や下宿から通って来ている学生であった。ただし、この連中は寮歌を習ってないので、寮生達がピクニック気分で寮歌を歌いながら歩いているのに、おとなしく黙って歩いていた。

師団から指導する将校が行くまでは休んでいてよろしい、丘の上からこの指導する兵士達の姿が見えたら、戦闘配置に着け、師団長はもし行かれるとしても、訓練の最中になり、馬上から視察するようになるだろうと、数日前に伝えられていた。全員春の丘の草の上に寝ころがって、兵隊さんが来るのを待っていた。

聖太は中学時代から教練が苦手と言うよりも好きではなかった。むしろ嫌いだった。もっと突っ込んで言えば、兵隊が恐かったのだ。

小学校二年の時だった。左耳の中耳炎の手術で長期間学校を休み、一年三学期などは全休で一日も行かず、やっと二年の一学期の半ば過ぎから通えるようになった。まだ左耳から頭にかけて、ぐるぐるにほう帯を巻いていた。

ただいまと玄関を開けると、一人の兵隊が立っていて、父と母とが話をしていた。

「あ、お帰り、大きくなったね」

その声で以前うちで働いていて兵隊に取られたしんちゃんという人であることはすぐわかったが、顔を見て聖太は思わず後ろへ下がった。

しんちゃんの左の眼から頬にかけての顔が、紫色に腫れ上り、瞼がどんよりと垂れ下り、まるでお化けのような形だったからだ。

「どうしたの顔」

と、やっと声を出して聞いた。軍隊でじょうかん(上官)というえらい人に、拳骨で殴られたとのことだった。

「悪いことしたの」

そう言うとしんちゃんはちょっと笑って、

「聖太君にはまだ難しいけど、兵隊さんには連帯責任てのがあるんだ」

「れんたい……なに」

「せきにん。つまり、聖太君も学校で何組かに入ってるだろ」

「二年一組だよ」

「何人いる、組に」

「五十人ぐらい」

「そうか。その中で誰か一人間違ったことをすると、五十人全部が叱られるんだ。そういうのを連帯責任て言うんだ」

「しんちゃんが悪いことしたの」

「いや、俺の隣に並んでた兵隊だ」

「何したの」

「休めの姿勢から気ヲ付ケの号令で、聖太君も出来るね、気ヲ付ケだよ」

「うん」

「その時に、鉄砲を持ってた右手の指が滑って、鉄砲が地面に倒れてしまったんだ。それがいけなかったんだ」

「どうして。しかたないじゃないか。手がすべったんだろ」

「それが軍隊では大変なことなんだな」

「どうして」

「うーん。鉄砲はね、天皇陛下から賜わった大切なものなんだな」

「てんのー……へーか……誰それ……たまわったって……なに……」

「うーん、もう少し大きくなればわかるよ」

父と母がまだ二年生になったばかりだからねと笑いながら言った。

「それでぶたれたの。なぜしんちゃんが」

「それが連帯責任ていうもので、その倒した兵隊と俺は同じ班だったんだな」

「いきなり」

「いや、不忠者っ、気ヲ付ケと言われて」

「また」

「え、うん。そして拳骨で真正面からね。ごーん。後ろへどーんと倒れた。

なにしろ軍隊てとこは、理由も無しに殴られる所なんだな。初年兵はつらいよ」

「ふーん、兵隊さんて、すぐに殴られるんだ。わけはどうだっていいんだ」

以来聖太は兵隊が嫌いになった。軍隊とは恐ろしい所なのだという観念が、体の奥底までしみ込んでしまっていた。そのせいで、中学時代にも軍関係の学校を志願する友達を、なんであんな所へ行くのかと不思議でならなかった。

「おい、あれじゃないか」

一番端の兵舎の角を曲って、馬に乗った軍人と馬を曳く兵隊とその後ろに将校らしい人と兵隊二人が見えた。

「文甲はここでいいが、文乙は丘の向う側だ。早く行け——っ」

口々に叫びながら、ばらばらに走った。

「なんだって高等学校で軍事教練なんかやるんだい。陸士でも海兵でも

（註・陸軍士官学校と海軍兵学校）戦争が好きな学生が一ぱいいる学校があるのに。ああいう所でやればいいんだ。俺達は学問しに来たんだからなあ」

「明治のはじめに学校制度が出来た時に、学生に軍事訓練と規律を教えようとして始まったって、中学の時に聞いたぜ、先生から」

「要するに学生のうちに基本を教えておけば、軍隊に来てからそれだけ手間がはぶけるってことだな。魂胆は見え見えだな」

「面白くねえなあ、無駄な時間だよ。ドイツ語や哲学の方が遙かにいいよな。畜生。あの馬のケツ引っぱたいてやろうか」

「馬は逆立ちになって、あのエラそうな兵隊さん、師団長かもな。落馬するぜ」

「俺仙台出身なんだけどな、この間いとこが出征するんで、ちょっと一泊だけで行って来たんだ。そこで聞いたんだけど、三太郎の日記な」

「うん、いま読んでる」と聖太。

「俺も読み始めたところだ。あらゆるものの考え方の最優位に人間を置く考え方は素敵だよな」

横にいた学生が腹這いのまま言った。

「あの阿部次郎先生が東北大学の学徒出陣壮行会で、大学を代表して送別の辞を述べたんだってさ。大勢の憲兵や警官が講堂の通路に立ってたらしいが、先生は君達の本分は戦場には無い。君達の本分は学問にある。私は君達全員が帰って来るまで、大学を死守するって演説したんだって」

「えーっ、ほんとか。素敵だなあ」

「でも、その場からしょっ引かれ……」

「それがさ、先生の毅然たる態度に打たれたのか、憲兵も警官も全然手も足も出なかったって言うんだ」

聖太は世の中には偉い人がいるんだなあ、阿部先生に一度でいいからお会いしたいなあと思った。

「おい、こらっ」

突然大声が響いた。いつの間にか馬と兵隊がすぐそばまで来ていた。

「何を喋っとるかっ、おい、敵の機関銃陣地はどこかっ。言うてみい、お前」

指さされたのは聖太だった。そんな打合せは何も無かった。慌てた聖太は指さして、

「はっ、あの、あ、あ、あっち……です」

と答えた。

「何を言うとるかっ、馬鹿もん」

将校は皮の長靴で聖太の尻を蹴った。

「痛てっ。何を……」

「馬鹿もん、あっちにいるのは味方だろ。あべこべだ」

聖太は慌てて逆を向いた。戦友ならぬ級友達も草の上を這って反対向きになった。

「撃てっ」

と将校は号令した。顔が紅潮していた。

「あのう……僕のは……木銃なんですが」

一人の学生が間の抜けた質問をした。くすくすという笑い顔が洩れ、聖太はつまらないことを言うなと、手を上下に強く振った。

「馬ァ鹿ァもーん。木銃でも撃て――っ」

そして、馬上のエラい人は馬を文乙の方に向けて、軽やかに走って行き、兵隊達はその後を追った。学生達はゲラゲラと笑った。

その時、ひひーんという馬のいななきが聞えた。その方を見ると、馬が前足を高く上げて逆立ちをし、エラい人が真逆様に落馬するのが見えた。どうしたんだと一斉に立ち上って、文乙のいる方へ駆けた。

あとでわかったことだが、黒い兎が一匹飛び出して来て、馬の足の直前を横切ったので、馬がびっくりして逆立ちになったらしかった。エラい人は立ち上り、一人の兵隊の肩を借りて、足を引きずりながら丘を下りて行き、もう一人が馬を曳いた。

「整列っ、並べっ、整列――っ」

将校は躍起になって怒鳴った。寮生達は横に二列に並んだ。靴の者は前列、下駄や草履は後列と、あらかじめ話しあっていた。

「評価する。あとで校長にも通達する。弘前高等学校の本日の軍事教練は………評価に値せずっ。解散っ」

将校は走って馬の後を追って丘を下った。寮生達がヤッタゼと笑いこけていた時、兵隊とすれ違いに丘を駆け上って来る寮生がいた。

「あのなあ、桜館がゆうべ夜中に喀血した」

全員息を呑んだ。

「だって、昨日の夕方は出版社に……」

「……で……今は」

「舎監と熊さんがついて国立病院に」

聖太は走った。皆走った。兵舎を横切った。何事が起ったかと、兵隊達が建物から飛び出して来たが、寮生達は走った。

「結核ですね。レントゲンを使って、詳しく調べてみましょう」

医師は無表情に言った。

「ただしですな。感染の恐れがありますから、隔離病棟に暫く入院して下さい」

「学校の寮には……」

「いや、今すぐからです。今後のことについて、向うで話しましょう」

医師は先に立ち、舎監と桜館を案内して、別の診察室へ入って行った。

息せき切って寮生達が病院の門を通った。

「あ、熊さん……桜館は……」

熊さんは首を振った。悲しそうだった。

「……結核……だと……すぐに入院だと……隔離病棟さ……まいねナ……」

何人かが受付へ行って面会や見舞を頼んだが断られた。それが出来るようになったら、連絡しますとのことであった。

聖太は全身から力が抜けたようだった。中学を卒業するまでに、仲の良い友達はいた。しかし、これが尊敬と言うのだろうか、この人の言うことは絶対だと信じる友は、桜館孝男が初めてであった。楽しみにしていた日曜の教会行きもご破算になった。桜館の部屋の前を通ったが、主のいない部屋は真っ暗だった。

そうだ、病室へ聖書を持って行ってやろう、即入院だったから持って行ってないはずだと判断し、本屋にあった一番薄くて安かった自分の聖書を持って寮を出ようとした。

すると食堂から急ぎ足で出て来た賄長の四戸《しのへ》藤市《とういち》に声をかけられた。

「どこさんいぐ」

「病院です。桜館さんの所」

「わいハ、わもいぐだ。これさんやっぺとおもってな」

「何これ」

「ぬぎりめすだでば」

「ぬぎり、ああ、えっ、握りめし」

「んだ。びょうえんのめすはまいねだ。つからつけねば、けっぱれんだよな」

「でも、よくおにぎりを二つも」

「わハハ。それもこめのめしばかりだでば」

「えーっ、白米の」

「んだ、ぎんしゃりだでば」

「炊いたんですか」

「いや、ちょうるばのかまは、あのでかさで、いすかわごいもん(石川五右衛門)さゆでるようなのばかりで、たったこいだけのめすばたくかまはねえのよ。んだはんで、たいたふきめすをサ、おけにとって、ふきをすとつずつ(一つずつ)ぬいたのよ」

「えーっ、時間かかったでしょう」

「んだな。にゅえん(入院)ばすたとちいて(聞いて)がら、すぐはずめたはんで、いつずかんいじょ(一時間以上)かな」

「ありがとう。僕が届けます。もう病院も食事どきでしょうから」

「んだな。じゃたのむはんで」

聖太は受け取ると全速力で走った。その目から涙のしぶきが飛んだ。後ろから聞えた「あんすとは、ほんにるっぱながくせいだはんでなァ」という四戸さんの声が聞えたからだった。あの人は本当に立派な学生と、聖太が思っていたことを、賄の人達も感じていたんだと知ると、なぜか胸にこみ上げたのだ。

先程もちょっと異常があったので、つまり、小量だが喀血があったと看護婦さん(当時)がそれとなく手真似で教えてくれた。病室の中まで入れないので、聖太は個室のドアを体の半分程開けて大声で伝えた。

「桜館さん、如月です、大丈夫ですか。すぐ良くなりますよ。寮で皆が待ってます。それからこれ、ご飯だけで作ったおにぎりだそうです。二つ。賄の四戸さんが萵を全部つまみ出して、飯粒を寄せ集めて作ったそうです。預って来ました。食べて早く元気になって下さい。寮生だけでなく、賄さん達も待ってます。四戸さんが桜館さんを立派な人だからって言ってました。北溟寮創立以来ずっといる四戸さんがそう言うんですから間違いないです。僕もそう思ってます」

看護婦が手真似でもうやめた方がいいわよと教えてくれた。

「あ、それから本。僕のですが持って来ました。良くなったら約束通り教会へ連れてって下さい。じゃお大事に。明日また来ます」

聖太は看護婦にお握りの包みと本を托した。

「如月君……ありがとう。ありがとう」

桜館の精一杯の声が、閉められかかるドアの向うから聞えた。桜館も聖太も看護婦も涙を頰に伝わらせていた。門を出た時、あの鳥打帽の男が植込みの陰にいたのに、聖太は全く気がつかなかった。

山頂の雪がすっかり溶けて、岩木山の優しい稜線が、若々しい浅緑になった津軽の野面にふんわりと裾をひろげ、地平線に横にすーっと刷いたような青い山脈が、霞みがかる初夏が来た。

春の沈面《ちんめん》も　陶酔《とうすい》も
思えば永《なが》き　夢なりき
見よ北溟《ほくめい》の浄《きよ》き地に

面謏《めんゆ》に狂《くる》う　人の世を
憐《あわれ》み嘆《なげ》く　健児《けんじ》あり

昭和初期のかなり古い寮歌で、世の流れに超然としているようにも、また高校や大学で左翼思想が盛んだった頃のようにも思える寮歌が含む淋しさが、近頃心に浸みる感じがしていた。加えて畏友桜館は隔離病棟に入り、

「如月さん、今日も来てないよ」

と事務員が言ってくれるように、沙耶子からの返信も来なかった。思いもかけない手紙が来た翌朝、学校の購買部にたった一枚一冊だけ残っていた封筒と便箋を買い、授業をさぼって、一月がかりで書いた手紙を出していた。

「沙耶子さん　さやこさん　僕はぼくは　ほんとうに本当に　うれしかった嬉し……」

興奮して手がふるえ、同じことを漢字と平仮名で繰り返して書いてしまっているのに、二枚目の半ばでやっと気がつき、勿体無いと思ったが、恥ずかしくて破いた程だった。

住所は考えられる手段は全部取ってみたが、結局わからないということだけがわかったので、消印のあった郵便局宛にして投函した。しかし、あれから一か月がたとうとしているのに、二通目は来ず、何の音沙汰も無かった。

白い木蓮の花が蕾んでいる頃にあの人と出会い、寮内では同世代の多くの友を得て、その中で桜館という畏友さえもいた上に、全く思いもかけず沙耶子からの手紙が来て、その間に弘前城の桜は蕾から満開へ、そして、かつて城にいたの心を映して鮮やかに散って行ったと感じたのに、ここ数日のまるで桜とは違って逆走しているような世の中の移り変りは、一体どうしたことだろうか。

　白い木蓮の麗人は消え、もしかしたら初恋の心を持つかもしれない返信の手紙は来ず、畏友は隔離されて病臥した。ここへその僅か半年前までの空しかっただけの勤労動員、そこで気づいた教育勅語の言葉の矛盾、教師からの生れて初めての殴打、年が変って三月十日の凄惨なこの世のものではなかった大空襲。倒れて焼かれて行く人々の絶叫。父と母と三人での三月の寒む空の下での彷徨。寝る家も食べる物も、飲む水さえ無く、両腕を伸ばしてどころか、小指一本の支援さえ無かった日々。超満員の汽車で窒息死になりかけたみちのくひとり旅。地獄から天国へ、天国から地獄への激しい往復の数え年十六歳十七歳の旅であった。

それから数日たった午後、校内はあわただしい動きを見せ、国民服を着た教授達は、授業を打ち切って、会議室へと急いだ。哲学の長部教授だけが例によって背広の上下に、もう夏が来たというのに、チョッキを着て、悠々とステッキを突いて歩いていた。舎監も事務室を飛び出し、堂々たる体軀で走った。

全員が集ったところで、校長が立ち上って言った。緊張した面持ちであった。

「本日午前中、陸軍省、海軍省、軍需省並びに情報局を代表するとかで、文部省から電文で緊急の通報が参ったのであります。……その内容についてでありますが、敵鬼畜米英は昨年来大型爆撃機を用いて、わが帝国の東京をはじめ大都市を無差別攻撃しております。もとよりわが無敵航空隊はこれを撃墜し、わが方の損害は極めて軽微であります。わが校にも空襲による罹災家族は東京から僅か一名しか転校して来ておりません。しかし、いまわが校の在学中の学生は極めて近い将来に、軍需工場で勝利のための生産に従事し、さらにその後には畏くも天皇陛下の御命令によって陸海軍の傘下に入り、幼少の頃からの深いみことのりである教育勅語に仰せられている通り、一旦緩急アレハ義勇公ニ奉シ　以テ天壌無窮ノ皇運ヲ扶翼シ奉ルのであります」

舎監は思わず下を向いた。この校長は右翼の中心人物であった平沼騏一郎の内閣当時に、教授として着任した人であったが、これまでの話の中で、二度も如月のことに触れている。一回目は一人の空襲罹災家族、二回目は偶然の文脈のアヤかもしれないが、如月が中学で殴られたという教育勅語の文言の一節があった。

校長の話は要するに傾向として中小都市への空襲が行われようとして

いる。弘前で攻撃目標となる大きな建物は、弘前城、師団司令部を含む兵舎群、そしてわが弘前高校と駅である。天皇の赤子《せきし》を傷つけないために、空襲の際に備えて、避難経路等を十分に検討しておき、その事に全教員が参画して欲しいとのことであった。すると長部教授が立ち上り、威儀を正してから言った。

「あー。いま校長が話された中でェ、これまでの敵爆撃機による空襲の被害は、軽微であったとのことでありまァす。大都市東京で軽微ならば、弘前如き小都市には空襲を仕掛けて来ないのではありますまいかな」

本職は名古屋の方のお寺の住職だそうだが、多少訛りのある言葉で、ソクラテスはァス、プラトンとでェスと、チョッキのポケットに両手を入れ、決して教壇に立たずに、床に立って、ほとんど目をつむったまま講義するこの教授を、聖太は高等学校の憧れの教師像と思って敬意を抱いていたが、同時に教授は学生の中で最もファンの多い先生でもあった。そして、先生はたとえ空襲になっても、学生は必ず愛読書を持って逃げ、避難先でも直ちに授業が可能であるようなところまで体制を作るべきだと強調し、わが弘前高校の本分は戦争ではなく学問であることを、学生に徹底的に日常から教え込んでおかなくてはならないと話した。教授の間に感動のさざ波が流れたようであった。

四月に着任したばかりの若い教授が言った。

「先生は東北大学の阿部次郎先生をご存知ですか」

「ご存知どころか親友の一人です。何か」

「いや、お考えが似てましたので」

この若い教師は四月に東北大学から来た人だった。

その晩、全寮生を芙蓉堂に集めて、舎監は空襲の危機があることと速やかな退避が必要であると伝えた。しかし、寮生の反応は違っていた。

「……と言うことは、敗けてるんだ日本は」

「いや違う」

舎監は真っ向から否定した。

「まだ正式な通知は来てないが、二年生の勤労動員は夏休み一ぱいまで、九月には帰って来るらしいという話があるくらいだ」

「え――っ、ほんとですかァ」

「他の学校と交替するのかどうかわからん」

「学校へではなくて、他の工場へ行くとか」

「その可能性はなきにしもあらずだが、いずれにしても、敗けてるなどと不謹慎なことは言うな。大和魂を全兵士が持ってるんだ」

「馬から落ちるのも大和魂ですか」

爆笑が起った。

「なにしろわが弘前高校の軍事教練は、評価に値せずだからなあ。0点以下だぜ」

哄笑が積み重なったが、聖太には津軽に来て以来、ずっと心に引っかかることがあった。ものの本には、熊本、岡山、弘前などは軍人と学生の街などと書かれているが、この弘前でも学生はわれわれ高校一年生しかおらず、学校に隣接する広大な兵舎には、兵隊がほんの僅かしかいないし、街の中でもあまり見かけない。これでも戦争をしている国の街なのかと思う程静かである。東京では中学一年で戦争が始まったが、一年足らずのうちに、背広にネクタイという洒落た制服は、軍服と同じ色の襟付きの制服に変えさせられ、毎日必ず登下校にはゲートルを巻かなくてはならなくなった。それなのに、弘前に来てからは下駄、それも高下駄をガラガラ鳴らして歩いている。戦争を感じるのは、ご飯に蕗や大根がまじり、その量が増えていることと、ロー勉ぐらいなものであった。進め一億火の玉だという標語が東京でも弘前でもあちこちに掲げられているが、津軽のこの静けさとはひどく不釣合いなのではないかと聖太は感じていた。

勤労動員や学徒出陣で直接間接に戦争に無条件無抵抗で国民として参加させられるのに、寮歌の歌詞には、一人の人間としての「自由」とでも言うのか、個人の感傷がどの歌にも溢れていた。

小学校一年の時に、二・二六事件があり、続いて盧溝橋の一発という子供でさえ言い馴れてしまった言葉で支那事変が起り、中学一年で大東亜戦争が始まり、昭和十四年に出されたいわゆる赤紙の徴兵に対するの徴用令で、二年後の四年生だった昭和十六年には工場で働かされ、そして空襲で家と生れ故郷を奪われてしまったが、寮歌を口にしてみると、これ以前のつまり自分が生まれた昭和の初期には、こうした戦争へ向う不幸な流れとは別に、あるいはその流れに逆らうような世の中の流れが、かすかだったが、あったのかもしれない。大正ロマンと呼ばれた中身はよくわからないが、自分独自の心の世界を自分で描くような行動も、その一つなのだったのだろうかと思ったりした。それに比べると昭和の今はひどく束縛されているなと感じた。

賄の四戸さんがこの食料の無い時代なのに、

「ハア、なんとかすて、がくせいさんに、うまいもんたべさせてえね」

と口癖の様に言うのも、人間を愛するロマンの気概の表れだろうかとも。

五　青い路地裏

ほんのちょっぴりだったが、食事に小皿に盛ったいかの塩辛がついていた。食器を片付けた時に、調理場に四戸さんの姿を見かけた聖太は、近づいて声をかけた。

「いかの塩辛おいしかったですよ」

「そう、よかった。ありがと」

「よく手に入ったですね」

「昨日若いもんと三人で、八戸さ行って買ってきたのさ」

「えーっ、運んで来たの」

「うん、ガンガンに入れてさ」

「ガンガンて」

「そこにある石油カンさ。それを縄で縛ってな」

「重かったでしょ」

「でもな、学生さんが喜ぶべと思ってな」

「ありがとう」

「あ、今日は病院さ行くか」

「え、桜館さんのところ」

「んだ。行ぐなら塩辛を少しだけんど、持ってってやってけれや」

「わかった」

桜館は少し持ち直していた。僅かな時間ならば、病室で話も出来るようになった。午後の授業が終ると、聖太は長い廊下を歩いて寮に帰ったが、必ず途中にある図書館に寄って借りた本を返した。中学一年の時に、出征して戦地に赴くまで担任だった原隆男先生から、いろいろなことを知りたいと思ったら、百科事典という厚い辞書があるから読むといいと教えられ、それ以来の習慣となっている百科事典に三〇分程目を通し、新しい本を借りて寮に戻った。幸いなことに図書館長はクラス担任の初瀬教授で、次はこれを読みなさいと、あらかじめ本を用意して下さっていた。

「今日はご馳走を持って来たぞ」

病室へ入るなり、聖太は四戸から渡されていた包みをひろげた。ビンに入れたいかの塩辛と、例によってお握りが一箇出て来た。お握りは三日ぶりだった。さすがの賄長も、毎日というわけにはいかなかった。

「ありがとう、ほんとうにありがとう」

「きっと良くなるよ、皆が祈ってるよ」

ベッドの上に座った桜館は手の甲で涙を拭った。僕自身もそう信じてるとつぶやいた。

「でもなあ……医者からは……この夏の間……転地をすすめられているんだ……」

「転地って」

「うん、早く言えば結核療養所だ」

「どこの」

「僕の出身地近くの秋田と青森の県境にあるんだけどね……皆がいるから……弘前を……ここを……離れたくないんだ……皆にはまだ内緒にしておいてくれ」

「……わかった……でも家の方は……」

「うん、昨日手紙を書いた」

「そこへ行ったら友達もいないだろ」

「いや、小学校の頃の連中が、知らせれば来ると思うんだ。仲良かったからなあ」

「……でも……この時代だぜ……われらが弘高でも、つい先日空襲からの避難の話が出たくらいだからな」

「……ほんとか……」

「しかし、小さい頃の友達っていいよなあ」

聖太が生れ育ち、空襲で焼失させられるまでの下町の家には、向って右に幅二ぐらいの路地があって、次の裏通りまで突き抜けていた。そして、町内中の道路がアスファルトなのに、その路地だけはなぜか土だった。まだ自動車も少ない昭和の初期ではあったが、安全でもあり、人の通りもあまり無くて、町内の子供達にとっては絶好の遊び場所だった。

聖太の家は27番地2号であったが、この路地の反対側の27番地1号の家は、町内でも一番大きく、しかも塀と三段の石段の上に門がある家で、どこかの大学のエライ先生が住んでいたが、聖太も子供達もこの先生の姿をほとんど見たことがなかった。黒塗りの自動車で送り迎えされていた。斉藤という名前で、長いヒゲを生やし、政治を裏側から操れる程のエライ人だと近所で噂が高かった。

斉藤家に続いて、二階建ての長屋が、幅半間ぐらいのおよそ陽が当りそうもない長屋が背中合せに二列に三軒並び、次には平屋建ての家を三つに分けた三軒長屋が表裏合計六軒並んでいた。

聖太の家は2号地だったが、広さでは1号地の倍あって、聖太の家の向って左隣にかなり大きめの二階建ての長屋があり、すぐ左はメリヤスの縫製屋さん、真ん中がメリヤス販売店、左端がメリヤス工場だった。

メリヤス屋の親父さんに特技があって、家の中からガーッペッと痰《たん》を吐くと、痰が玄関から飛び出し、歩道を越えて、車道の端にある側溝の四角い蓋に開いている小さな楕円形の穴に正確に命中して、溝の中へ落ちて行った。それが百発百中で、まさに神技の域であった。

聖太の家に続いて工場があり、時々プレスの機械を使うと、まるで地震のように長屋が揺れ、チャブ台の上で箸が踊った。

工場に続いて平屋の四軒長屋があり、路地に面して物干し場が並び、四軒が一度に洗濯すると、長屋が見えなくなった。

路地の入口近くは女の子の遊び場で、ままごとやゴム跳びが盛んだった。中央のあたりは男の子の独占場で、ベーゴマ、メンコなどの勝負事の歓声が夕方まで聞えた。

両方とも遊びを中断して、女の子も男の子も仲良く列を作るのは、紙芝居が自転車に乗ってやって来た時だった。ラッパとドンガラガッカの二つが毎日やって来た。ラッパは文字通りラッパを吹きながら来て、近所を一周する。その時は男の子がついて廻る。なぜならばラッパは「黄金バット」をやるからだった。

もう一つのドンガラガッカは、大きなドラムを叩いて廻り、女の子に人気の「赤毛のアン」や、「アルプスの少女」を演じた。

しかし、聖太にとって紙芝居は面白くなかった。なぜならば習慣として下町の商家には昔から子供には小遣いを与えないというしきたりがあったからだった。正月にくれるお年玉が一年分の小遣いであった。

父、母、叔母、叔父がそれぞれ五十銭、本家の寺の老住職である伯父と、母のすぐ下の妹で、筑前琵琶の名手と言われ、空襲で罹災後、最初に辿り着いたのが神楽坂にいたこの叔母の家であったが、この伯父と叔母が一円ずつで、合計四円が一年分の小遣いであった。

紙芝居を見るためには、一銭の飴を買わなくてはならなかった。ラッパもドンガラガッカも毎日来たから、日に二銭、月に六十銭、雨の日を除いて年に五円以上もかかってしまう。

うまいことに、ラッパは聖太の家の路地に面した窓のすぐ脇に来たので、いつも窓を細めに開けてタダ見をした。その上紙芝居が終るとケンショー（懸賞）という謎々の当てものがあって、当ると飴をくれた。

しかし、小さい子はわからないので、窓越しにタダ見をしている聖太は、小声で答を教えると、時々はそれが当ることがあって飴をくれるので、小さい子はラッパの音が遠くから聞えると、われ先に窓際に集った。

小遣いを与えないのは、後継ぎである息子達には倹約を、娘達にはお金のやり繰りを教える算段でもあったが、逆に金の使い方を覚えない欠点もあった。

聖太にしてみれば、三月末に弘前へ赴く時に父がくれた当座の小遣いと、今月のあの手紙での為替送金が生れて初めての小遣いであった。このお金を無駄に使い込んでしまったら、万一の場合東京へ帰る汽車賃がなくなる。さらに次からの空襲で両親にもしもの事が起ったら、この誰も知る人がいない津軽で、天涯の孤独の身として生きて行かなくてはならない。もちろん寮は出されて、放浪の暮らしに追いやられるという切羽詰った気持ちがあって、他の寮生達がこっそりやっている闇で米や物を買うこともしなかった。また紙芝居のタダ見のような子供流軽犯罪をする場も皆無だったし、もしあるとすれば、秋になってリンゴが実る頃に犯すかもしれないアタックと寮生が呼ぶリンゴ泥棒ぐらいなものだった。

紙芝居が終ると、長屋のあちこちから、おばさん達の「ご飯だよ——っ」の声が轟いた。それが一斉に起っても、子供達は自分の母親の声を聞き間違えることはなく、あ、うちの母ちゃんが呼んでると、遊び道具をさっさと片づけて走って帰った。

　例外は徳田さんの家で、産めよ殖やせよの国策に天皇陛下の赤子として、また忠良なる臣民としてお仕えしてる証明なんだという長屋中の半ば唖然、半ば賞賛の声の通り、子供が十一人いた。おばさん達の噂では、一ダース目がおなかの中にいるとのことだった。

　なにしろ二階建ての三軒長屋の真ん中なのだが、一間半の間口で、玄関を開けると畳一畳の土間があり、右がりで、上ったところが六畳、ここで親子十三人が食事をする。その奥が台所で、戸を開けると裏へ出て、背中合せの長屋との間に幅一間足らずの道があり、ここが物干し場を兼ねる。とても干し切れないので、洗濯をしない家のを借りる。どこでもああいいよ、お使いよと気安く貸してくれるのが、長屋のいいところであった。

兄弟姉妹でも一番上と下とでは、親子に近い年齢差があり、一番下の子にとっては親は祖父と祖母のようだが、兄弟達はいつも仲が良く、路地の遊戯場では、十一人という数は圧倒的優位だった。

ただ長屋には禁句があって、ここの子達に、どうやって寝てるのかだけは聞いてはいけないと言われていた。聖太が小学生の頃耳にした話では、上の男の子二人は階段に座って眠り、時々落っこちるとのことだったが、中学のはじめの頃には、おばさん達がどうすればあの狭い家の中で、あんなに次々に子供が生れるのかねえ、それが知りたいよとこそこそ話しているのを聞いたことがある。

大変だなあと思ったのは、徳田さんのおばさんが、ご飯の時などに子供を呼ぶことだった。

「太郎ーっ、じゃない、次郎ーっ、じゃない、花子ーっ、じゃない、タマーっ、じゃない、あ、そうそ、七郎ーっ、早くおいでっ」

と、どの子を呼んだらいいのかわからなくなることだった。だいたいタマは猫だった。

徳田さんの隣には、平屋建ての三軒長屋が連なっていたが、そこの怪奇は子供達の興味の的であり、長屋全住人の不可思議だった。

三軒の真ん中の家の玄関に向って左側の柱と鴨居が交わっている所を、拳骨でどんと叩くと、三軒の家の電燈がパッとつき、またどんと叩くと、一斉に消えるのである。どういう仕組みでそうなってしまうのか、子供達は不思議がっても、説明出来るおとなはいなかった。子供達はそこまで手が届かないので、一人が柱の根元の所に四つん這いになり、その背中に他の子が乗って背伸びすれば届いたので、面白がって叩くと、両端の二軒の家の中に人がいた場合には、誰だっ、とおやじさんが飛び出し、犯人の子を捕まえて、お尻を何回もぶった。それでも子供達はベーゴマやメンコの手を休めて、スキをうかがっては柱を叩いた。

子供達には叩きたがるわけがあった。この家に住む原田さんが、外へ出て来て、面白くてためになる話を、ギターとか言う楽器をガチャガチャ鳴らしながらしてくれるからだ。

原田さんは三十代の終りか四十代のはじめ頃の年格好で、足が悪かったが、一人者のせいか髪はたいていの男の人が兵隊同様の丸刈りなのに、ぼさぼさの髪をしていて、長屋のオカミサン達は、原田さんの髪の中で、コオロギが鳴くよと言って笑いあっていた。

どこから来たのか、なぜ一人者なのか、どこで働いているのかよくわからなかった。朝になると勤めに出て行くが、日によっては昼過ぎには帰って来たり、勤めに行かない日もあった。そして、月に一、二度、七、八人の同じような年齢の男の人達が集って、何やら静かに話しあっては、三々五々帰って行った。

そして、この人達は必ずおそば屋さんに入った。下町の便利なのは町内で生活のほとんどが間に合うことだった。そば屋、すし屋、うなぎ屋などは、隣の家へでも出前してくれたし、魚屋、八百屋、味噌しょう油屋、雑貨屋、衣料品屋などすべて揃っていて、交番もあった。ネズミもたくさんいて、夜の天井裏はどこの家でも、ネズミの大運動会であった。ネズミをネズミ捕りでつかまえて交番に持って行くと、おまわりさんが一銭だか五銭だかくれたそうだが、虫や蛙や蛇やネズミが大嫌いで、見ただけで身ぶるいする聖太は、一度も交番へ行ったことがなかった。

映画館も子供が一人で歩いて行ける範囲に三つもあった。相撲の国技館まで行く道の途中には日活があって、ここでは大河内《おおこうち》伝次郎《でんじろう》や阪妻《ばんつま》こと阪東妻三郎や片岡千恵蔵のチャンバラが見られた。大正十二年の関東大震災で多くの人が亡くなった跡に建てられた震災記念堂の近くには、家から歩いて五分足らずだったが、松竹の映画——本当はその頃は活動大写真、略して活動《かつどう》と言ったが——が見られ、「愛染かつら」が評判だった。聖太でさえも　♫花も嵐も　踏み越えて　行くがァ男ォの生きるゥ道ィと主題歌を友達と歌った。上原謙や田中絹代が人気であった。さらに忠臣蔵の悪役吉良《きら》上野介《こうづのすけ》が住んでいて、赤穂義士四七人が討入りした吉良邸跡の少しはずれた所にあった緑《みどり》館では大都《だいと》映画がかかり、浅香《あさか》新八郎《しんぱちろう》や大谷日出男のチャンバラがいつもかかっていた。

どこも三本立てで、土曜の午後や日曜日は子供達で満員だった。入場料は子供五銭だった。聖太はいつも住込みの男の人に連れられて日活や緑館へ行き、女中さんとは八千代館で松竹を見たが、チャンバラの方が面白かった。なぜなら嵐寛寿郎《あらしかんじゅうろう》ことアラカンの鞍馬《くらま》天狗や阪妻、千恵蔵、大河内らのチャンバラの形を真似して、友達と棒を持って遊べるからだった。

休憩時間に物売りのおじさんが、平べったい長方形の四角い箱を首から吊って、

「エー、おせんにキャラメルはいかがですか、アイスクリンにラムネはいかがですか」

と、通路を歩きながら売り歩く風景が、聖太はなんとなく好きだった。これもよく真似をして遊んだ。

ただ映画館で嫌だったのは、客席に入る通路の入口に、おまわりさんが一人か二人立っていることだった。一緒に来た女中さんや工員さんに聞くと、映画館の中は真っ暗なので、スリや泥棒や不良少年がいることがある

ので、それを見張って捕まえるためだと教えてくれた。しかし、そんな事は一度もなかった。

町内の交番のおまわりさんには、朝夕の登下校には、必ず「おまわりさん、おはよう」とか「さよなら」と帽子をとっておじぎをすると、気を付けの姿勢になって、挙手の礼をしてくれるのに、映画館のオマワリはなんとなく憎らしかった。すでに聖太が一年生の時に二・二六事件があり、支那では戦争が始まっていたのに、お菓子でもキャラメルやチョコレートやパンも沢山店には並べられ、自動車は少なかったので、車道でゴムマリの野球や三角ベースも出来たし、女の子は人道にゴザを敷いて、ままごとをやったりしていた。

町内がびっくり仰天したことが二度あった。

一回目は四年生の時に、路地を隔てた隣の町内随一のしかも板塀のある大きな家のエライ人が、いつの間にか引っ越し、代りに女の子が二人いる家族が移り住んで来て、たくさんの荷物が馬車に積まれて来て、家の中に運び込まれた。そこまでは近所の人も路地で遊んでいた子供達も見ていた。夕方になり、おばさん達のご飯だよーっの斉唱混唱(?)が一段落して、下町にやっと静けさが生れようとした黄昏《たそが》れ時だった。

突然、その大きな家から、ピアノの音が流れ出したのだ。聖太の家も驚いて、なんだいあれはと母が言ったが、長屋中から人が出て来て、塀の外で聞き耳を立てた。

町内には長唄やお琴のお師匠さんもいたから、三味線や琴の音は日常町の中に漂っていたし、学校が終ると、娘達の中には三味線を抱えて、稽古に通っていた子もかなりいたので、和風の音や姿には馴れていた。沙耶子もその姿の中の一人であった。

ところが、洋風は町内開闢《かいびゃく》以来初めてであった。西洋はライスカレーとトンカツとコロッケの中にしかなかった。少なくとも聖太が十七歳だったあの東京大空襲の時まで、町内を異人さんが歩いていたことは一度もなかった。

そこへいきなり西洋を象徴する音楽のそのまた中心であり、学校にしか無くて、しかも天長節などの式の日に、君が代の伴奏だけでしか使わないピアノの音が、長屋の屋根に軒に、翻る洗濯物や、路地のメンコやベーゴマの上に、美しく流れたのだから、驚天動地の出来事であった。翌日から夕方四時頃になるとピアノの音が塀越しに聞えるので、子供もおとなも塀ぎわにずらりと並んで立ち聞きした。流れ出たのはバイエルの教則本であったが、下町の衆は文明開化の響きを味わった。聖太は家の中で聞けたし、なぜか母は音に合わせて、「ベントバコ、ベントバコ、ア、ベントバコ」と歌った。聖太は母がベートーヴェンのことを言ってるんだと解釈したが、これが聖太が最初に接した西洋音楽であった。

ピアノも紙芝居もご飯だよーっの呼び声が終って、夕闇が路地を包もうとする頃になると、おばさん達のおかずの交換が始まるのだが、これが最も下町風景らしい雰囲気を作り出した。津軽にいても、夕方になると、聖太は生れ故郷への回想力すらもあの空襲で消滅させられてしまったのにもかかわらず、あの夕時の町内の空気を、失ったふるさとへの懐かしみの原点とした。

「あのねえ。今晩は。ちょっといたずらしてみたんだけど、よかったら、これ食べてみてェ」

と、夕食のおかずをお皿に少し盛って、必ず裏口から近所隣のおばさんが持って来た。

「あーら、悪いねえ、でもあたいはこれが大好物なのよ。ありがと」

母もそうだったが、これを届けておいでとおかずを届けるお使いをさせられると、よそのおばさんも同じ文句を言った。なぜか母もおばさん達も、そして、女の子も、全部とは言わないが、下町では自分のことを、あたいと呼ぶ女の人が多かった。お礼のお返しを必ず翌日にはするのだが、よそのおばさんが持って来たお皿の上に、母は必ず小さいマッチ箱を乗せていた。

おばさん達は原田さんにも、ちょっといたずらしたものを持って行った。原田さんは聖太達子供に、ここは天国だよとしょっちゅう言っていた。盲腸で入院した時も、おばさん達は毎日代る代る病院へ行って、誰も看護する人がいない原田さんを世話した。退院した翌日、原田さんは子供達の前で、なあ、お前達、どんなことがあっても、この路地の両側の家に住んでいるおじさんおばさんの優しい気持ちを忘れるんじゃないぞ、俺は命まで救ってもらった。ほんとにありがたいことだ。人間にとって一番大切なのは、人の心を思いやる優しさなんだからなと言って、涙を流した。

「おとなでも泣くんだね」

と、誰かが言ったが、女の子の中には鼻をすすり上げた子もいた。

原田さんが話してくれたのは、ほとんどが自分の作り話だったが、紙芝居より面白かったのは、主人公が必ずまわりに居た子のうちの誰かの名前だったからだ。

ギターをジャンと鳴らしてから、♬雨、雨、降れ降れ母さんがァと一節だけ歌い、昨日学校の帰りに急に雨が降って来たら、その時、(花子を指さして)この花子ちゃんは、濡れて帰る一年生を自分の傘の中に入れて、その子の家まで送ってやったんだ。それを神様が見ててな、あの子にやってくれと、キャラメルを一箇俺に渡されたんだ。これがそうだと言って、あらかじめ用意していたらしいキャラメルをポケットから取り出して、はい、花子、神様からの贈り物だよと言って渡した。子供達は拍手して、花ちゃん、えらかったねえと、原田さんの話をほんものと受けとめた。そういう気分にさせる原田さんの話だった。話は長くて三分間ぐらいで、原田さんは浪花節のように、丁度時間となりましたァと言って、腰掛けていた木の箱を持って、家の例の柱をドンと叩いて電気をつけると、じゃまた、みんな元気でな、アバヨと言って、家の中に消えて行った。原田さんは左足が悪いらしく、いつも引きずるようにして歩いていた。駅や映画館に行く時、あるいは働きに行く時は、右脇に松葉杖を抱えていた。

聖太が六年生の秋、もうすぐラッパが来る頃だった。突然一人の若い男が物凄いスピードで路地に駆け込んで来た。そして、原田さんの家の玄関のガラス格子戸を拳でどんどんと叩いて、何やら大声で叫んだ。

するとこ戸を開けて中から飛び出して来た、三、四人の男が、手に手にたぶん自分のもののような靴や下駄を手にして、裏通りの方へさっきの男と一緒に走って行った。台所から逃げ出した人もいたような音がした。

その時、交番のおまわりさんを先頭に、二人の男が全速力で路地に入り、がらりと原田さんの家の戸を開けて、中に飛び込んだ。すぐに大声で怒鳴りあう声が長屋中に聞えた。

「どうしたの、おまわりさん」

と、子供達は外に立っている巡査に聞いた。

「わしにはわからん。黙ってろ」

いつもはニコニコと交番に立っているおまわりさんに怒鳴られて、子供達は沈黙した。

すると、いきなり原田さんが突き飛ばされたように、家の中から頭から飛び出し、路地の地面に顔をぶつけて倒された。そこへ二人の男が覆いかぶさるように重なり、原田さんを押えつけ、抵抗するか貴様っ、と大喝した。

原田さんは何かを言おうとしたが、二人に背中を押えつけられ、左右の腕を逆に取られて抱え込まれ、立てっ、と怒鳴られた。

原田さんはやっと立ち上った。

「どうしたの、ね、原田さん」

聖太は聞いた。原田さんの頬には土がつき、少し血が滲んでいた。

「いや、何も悪いことはしてないんだ」

「おじさん達は誰。おまわりさん？」

と、聖太は二人の男に聞いたが、二人は原田さんに行けと命令し、二人で原田さんの左右の腕を脇の下に抱えたまま原田さんの背中を押した。聖太は原田さんの家へ駆け込んで、原田さんの下駄と松葉杖を手にしてから後を追った。

「待って、おまわりさん」

交番の巡査が振り向いて、何だと言った。

「原田さんははだしじゃないか。原田さんは足が悪いんだ。下駄履かせてやってよ。それからこれも」

聖太は下駄と松葉杖を巡査に渡した。他の子供達も、原田さんを放してやってよとか原田さんが可哀想だ、何の悪いことをしたのなどと口々に叫び、騒ぎを聞きつけて飛び出して来た長屋の人達も、体が不自由なんだぞ、そんなにして連れて行かなくてもいいじゃないかと応援した。下駄は履かせてくれたが、杖は放り投げられた。

「うるさいっ。お前達も連行するぞっ」

二人の男のうちの一人が怒鳴った。

交番の前に長屋の衆が見たこともない黒い大きな自動車が止っていた。ドアが開けられていて、そこにも男が立っていた。原田さんが自動車に近づくと、腕を取っていた二人の男が背中を押していた手を原田さんの頭に当てて、原田さんを自動車に押し込もうとした。

「原田さん、行かないでっ」

聖太をはじめ、子供達は口々に叫び、杖を車内に放り込んだ。原田さんは二人の男の手を押し返すようにして頭を上げ、子供達の方へ顔を向けて言った。

「ありがとう。すぐ帰って来るから心配するな。皆いい人になれよっ。大きくなったら、いつも言ってたように、世の中の困っている人を助ける人になれよ」

と、大声で言ったが、黙れっ、と二人の男とドアの所にいた男の三人掛りで、車の中に押し込められてしまった。自動車は黒い煙を吐くと走り去って行った。子供達は一斉に、原田さーんと叫んだ。長屋の人達は取り残された交番のおまわりさんを囲んで、なんで連れて行かれたのかを口々に聞いたが、おまわりさんは手を振って、わしにはわからん、わしは命令に従っただけだと答えるばかりだった。

「命令って誰の、あの二人のか、あの二人は何だ、特高か私服か。原田さんはアカなのか」

おばさん達も、同じ町内の交番にいるんだから、少しは何とか言ったらどうだい、水臭いねえと、おまわりさんを責めた。

翌日から子供達はいつもは登下校に必ずおまわりさんにおはようやさよ

ならを言っていたのに、どの子も無言で、おまわりさんに向って、赤んべーをするようになった。

しかし、それ以来、およそ五年後の東京大空襲で、長屋はすべて灰となり、全員が逃げて四散した夜まで、原田さんは帰って来なかった。

六　桃色の霊峰

リンゴの白い花びらが散って、岩木山の稜線が一層明確に津軽の初夏の蒼空をくっきりと区切るようになった。

ドイツの空襲やロケット弾によるロンドンなどへの攻撃で、大英帝国はいつ沈没するのかが話題になる一方では、イギリス国民の興亡を担ってチャーチルが首相に登場したことや真空管で作られたコンピュータという機械が物凄い速さで計算するらしいこと。さらにもう一方では、スターリンのソビエトが協定を破って、ドイツに侵攻し、ドイツとフランスの国境附近の西部戦線に対して、東部戦線が形成され、東西から進撃したアメリカ軍とソビエト軍がエルベ河という所で出会って握手をし、ヒトラーのナチスは一日一日と追い詰められているらしいぐらいのことは、情報皆無に近い北溟寮生でも知っていた。

　夏も間近な季節であったが、日本軍の大勝利を大本営発表によって忠実に信じる津軽は、今日も静かだった。その中での北溟寮調理場の宿直室の小さな囲炉裏を挟んで、賄長の四戸さんと聖太が楽しそうに話していた。

「んだどもせや、いまどき、もちっこがあるなんて、すんじられなかったきゃ」

「全くだ。昨日の土曜日に授業が終ったら、僕の前に座ってるって東《ひがし》って学生が、この人は金木《かなぎ》にいる親元から電車で通って来てるんだけど、突然、明日わーの誕生日だはんで、もちっこつくから、よかったら食べに来へじゃやって言ったんだ。あまりにも突飛で何言ってるかわからなかったけど、僕はともかく、入院している桜館さんに一切れでも食べさせてやりたいと思って、東に話したら、わかった、桜館の分は取っておくけど、わーひとりで搗いて、おふくろが取るはんで、二人しかいねのさ、病院まで届ける時間がないって言うから、んじゃ僕が電車に乗って取りに行くって、はじめて今朝、金木鉄道とかいう電車に乗って行ったのさ」

「すぐついたすべ」

「うん。行く途中で凄いもの見たよ」

「何を」

「子供がおもちゃに使う風車が、寺の境内の一か所に何千本も土に差してあって、それが風で一斉にヒューヒューと音をたてて廻り続けてたのさ」

「ああ、あの寺ね、むかすからだ」

「何かあの世へ行ったような気がして、背筋が寒くなったよ」

「んだ。わーもいっつもそうなる。あれが津軽なんだべよ」

「それから、いごく跡ね。大きな石がいとも無造作に道に積んであった」

「……いごく……すらねえな……」

「江戸時代に百万人が飢餓に見舞われた大飢饉があってさ、人肉を喰《は》むって言われたらしいけど、その時餓死した人の死骸を放りこんだ穴の跡らしいよ。思わず足がすくんだ」

「ふーん、いや、むかすの津軽だったら、そんだべよな。とにかく雪が深過ぎたもんな」

「あ、それから津島修治さんて先輩知ってるだろ」

「寮にいた人じゃなかったらしいんで、わーは直接には知らねえ」

「僕も芙蓉堂の棚にあった文集を見て、名前だけは知ってた程度だったが、なんでも津軽の大きな家の息子だってことは、文章を読んでちょっぴり知ってたのさ」

「その人と会ったんけ」

「いや、東の家へ行く途中で、赤レンガの塀の大きな家があったから、間違ってもいいから聞くだけ聞いてみようと思ってさ」

「津島ってば、津軽きっての名家だきゃ」

「でさ、そーっと玄関開けて、びっくりしたなあ、土間がずーっと長く続いて、突き当りまでどのくらいあるか。そして左側に広い部屋が三つか四つ並んでてさ、玄関のすぐ左に大正時代風の幅の広い立派な階段があってさ、そしたら突き当りの裏口から男の人が来たんで、津島先輩のおうちですか、僕は弘高生ですって言ったら、階段の上の方へ向って何か大きな声で喋ったのよ。津軽弁だったんで、さっぱりわからなかったけれど」

「ハハハ」

「そしたら、二階から先輩が降りて来たのよ。弘高の一年生の如月聖太って言います。先輩のお名前は文集で知りましたと言ったら、え、弘高の文集、懐かしいねえ、二十年ぐらい前のだろ、君は出身はと聞いたから、東京ですが、三月十日の大空襲で焼け出されましたって言ったら、僕も東京と甲府で焼け出されてね、命からがらここまで逃げて来たのよ。一ぺん東京へ戻ってね、また用があるから今日の午後の汽車で、新潟経由だけどね、東京へ行くんだと言うんで、お忙しいところ失礼しましたって出て来た。人の良さそうな明るい感じの人だったよ」

「ふーん」

「時間があれば昔のことを聞きたかったんだけど、こっちの目的は餅だったからね」

「ハハハ、んだな。すっかす桜館さんも喜んでくれて、ほんとによかったな。わーも一つごつそうになったけどさ」

「それにしても、しょう油をつけて焼いた餅はうまいね。子供の頃は正月に当り前に食べてたけどね」

「んだ、津軽では何かにつけて餅をついたな。秋田ではもっとらすいけどな。それがこの二、三年のうちに、すっかりなくなったもんな。戦争てのは恐ろすいもんだなス」

「最近は寮のご飯も、大根と蕗の両方が入るようになったもんね」

「んだス、そうすねえと、やってけなくなってきたんだス、なぜか配給の米の量が配給の度に少なくなるのサ」

「少なくなった分はどこへ行くのかな」

「噂だども、お隣の軍隊に取られるって話っこもあるはんで」

「軍隊てのは国民の生命と安全を守るためにあるって中学の時に教わったけどな。空襲なんか見てると、Ｂ29の思うままだった。焼け死んだ人を思い出すと、生命も安全もあったもんじゃなかったよ。ふーん、兵隊にね」

「んだども、わーは感心したきゃ」

「何を」

「友達のために、わざわざ餅っこ取りに電車に乗って行ったあんだもえらいが、一口食べる度に、四戸さん、ありがと、如月君、ありがと、東くん、ありがとって言い続けながら、拝むようにして一口ずつ食べていた桜館さん見てて、わーは涙が出そうになったでば」

「うーん、あの人はわれわれとは別格なところがあるな。ほらいつか駅の前でストームやって、憲兵と警官に止められたことあったろ。あの時も二人を少し離れた所へ連れてって、何やら話して、終ったら憲兵と警官が不動の姿勢になって、桜館さんにまるで大将にするみたいな挙手の敬礼をしてたよ。泣く子も黙る憲兵がだぜ」

「あの人にはなんかあるな、んだどもよ、さっきのあの教会の女の人……」

金木町の東《ひがし》同級生から、搗きたての丸餅十箇を分けて貰った聖太は、真直ぐに寮に戻り、調理場の宿直室にある小さな囲炉裏に火を起すことを四戸賄長に頼み、上手にしょう油をつけて焼いてもらい、二人で病院の桜館のもとに持って行って食べさせた。

その帰り。病院の門の脇に二人の修道尼《シスター》風の衣裳をつけた女性が立っていた。一人は中年、一人は若いらしかったが、顔の半分を淡いネズミ色の薄い布が覆っていて、よくわからなかった。

「あの、すみませんが、弘高の方ですか」

中年の尼僧《シスター》が遠慮深そうに話しかけ、若い人は軽く頭を下げた。

「は、なんでしょか」と四戸さん。

「あの……高等学校の学生さんで、桜館さんて方いらっしゃいますでしょうか」

「いますよ。彼にご用ですか」と聖太。

「お元気でしょうか」

「……いえ……いまちょっと……何か……」

「そうですか……この一年近くお目にかかっておりませんので。失礼致しました。私ども市内の教会におりますが、孤児院で子供達のお世話もさせて戴いております」

「……こじ……」

「はい、あの……いろいろな理由で、親と別れてしまった子供さん達です。最近は戦場でお父様を、空襲でお母様を失われたお子さん、戦争孤児と世間では言っているようですが、そういうお子さんもおります」

聖太は胸がどきっとした。路地で遊んでいた子供達の風景が一瞬脳裏をかすめた。あの子達はあの三月十日の夜、皆無事に逃げられたろうか。少なくとも自分が夜明けに出会ったのは、沙耶子さん一人だけだった。

「桜館さんとどういう関係が」

「はい。桜館さんは今年はこちらへ入学なさいましたが、昨年は保養のためとかで、ずっと大鰐《おおわに》温泉にいらっしゃいました」

「おーわに?……」

「んだ、汽車でいぐとすぐそこにある」

「でも、主に日曜日でしたが、孤児院にお出でになって、子供達に一時間ぐらい、本を読んで下さったり、お話をして下さったり、民話を聞かせて下さったり……」

「みんわ?」

「東北には、岩手が盛んだけんどな。早く言えば昔話よ、終りにどんと晴れって言う」

「どんと……ハレ……」

「んだ。わもよく意味がわからんけどな」

「それが今年に入って全然お出で下さいませんので」

「わかりました。残念ですが、いま桜館は入院してます。結核です。隔離病棟にいますので、面会もすぐには出来ません。僕達でも五分ぐらいです。病院かお医者さんの事前の許可みたいなものが必要です」

「わかりました。ありがとうございます。たとえお病気でも、お話が出来るようなら安心致しました、あらためて出直します。私どもいつもは函館の修道院におります。今は連絡船が敵の襲撃を受けるかもしれないとのことで容易にこちらへ参ることが出来ませんが、桜館さんによろしくお伝え下さいませ。お大事にとも」

二人は深々と頭を下げて、駅の方へ去って行った。聖太はもちろん、四戸さんもシスターと話をしたのは初めてだった。

「あん人達ァ、キリスト教だべ」

「桜館さんもだ。いや、はっきりそうだと言ったことはないが、少なくとも、聖書のように生きたいとは思っているらしいです」

「ははァ聖書のように……とな……」

「あの人達が言ってた孤児のための施設って、どこにあるんですか」

「見たことも行ったこともねえけんど、笹森の丘から眺めると、あそこにあるあれかな」

「ちょっと僕、桜館さんに聞いて来ます。四戸さん、きょうはどうも」

「いやいや、わーもその施設のこと、聞いてみるはんで」

聖太は病院へ下駄を鳴らして走った。玄関で脱ぎ捨てると、裸足で病室へ飛び込んだ。

「あのね、いま函館の教会の人が来た」

「函館の教会?」

「ん、なんていうの、シスターっていうのかな」

「えーっ、それで」

「うん。桜館は病気ですと言ったら、また来ますと言って帰って行った。この一年ぐらい、桜館さんが施設へ顔を見せないからって、心配してた」

「……そうか……会いたかったな」

「えっ、悪かったかな。会うにはお医者さんか病院の許可が無いと、ここには入れないって教えたら、がっかりしてた。でも、たとえ病気でも、いらっしゃることがわかれば、それで安心しましたって言ってた」

「そう。ありがとう」

「桜館さんずっと行ってたんだってね。子供達のいる所へ」

「えっ……うん……暇で……体調がいい時」

「どこにあるの」

「桔梗《ききょう》が原の向うだ。いろいろな事情で両親と分れてしまった子供達が、二十人ぐらいで助けあいながら暮らしている」

「そこで何してるの」

「いやあ、子供の身のまわりの世話をするのは、女学生の方が遙かに上手だ。ははは。男は全くだよ。せいぜい掃除の手伝いぐらいなもんだ」

「でも、さっきの人は、本を読んで聞かせたり、お話も、なんて言ったっけな、ああ、民話、終りになんとか呪文みたいなのを」

「どんと晴れか」

「それをくっつける話とかをして下さるって言ってたけど」

「僕は知らなかったけれど、子供達が教えてくれたんだ。なんとなく東北の匂いがする」

「そういうことをどうして今まで僕たちに」

「……うーん……そんなこと……人に言えるもんじゃないし……言うもんでもないよ」

「どうして。いいことなんだから言ったら」

「ボランティアなんて、目立たないように、ひっそりやるもんじゃないかな」

「ボランティアって」

「日本では全然普及してない言葉だけど、欧米では日常用語らしい。日本人は無償の奉仕なんて言うね。サービスかな」

「孤児院へサービスに行ってるの」

「いや、ボランティアの意味は、厳密には、教会の神父からの受け売りだけどね。欧米では、われここに立てりということらしい」

「自我の確立みたいなものか」

「そう思えばいい。私はここにしっかりと立っています。あなた、つまりサービスを受ける災害の被害者とか貧しい人とか体の不自由な人、あるいは孤児のような思わぬ不幸に陥っている人のことだ」

「空襲の罹災者は。僕みたいな」

「罹災者もそうだ。空襲ですべてを失ったな。でも、立ち上ろうとする気持ちはあるだろう」

「そりゃあるさ。少なくとも僕はね」

「そこなんだな。私は自立していますが、あなたも立とうとしているんですね、では一緒に手を取りあって、良い社会を作って行きましょうって意味らしい、あちらでは」

「ふーん。しかし、空襲の罹災者には誰も手をさしのべてくれなかったな。国も。一滴の水さえも」

「でも、それがお国のため天皇陛下のおんためになったことになるんじゃないの。そのマイナスから立ち上れって、進め一億火の玉だなんて標語が、弘前の街にも至る所にぶら下げられたじゃないの。でもな、いずれにしても、人間にとって必要なのは、人にしてあげたことはすぐに忘れなさい、人にして戴いたことはいつまでも記憶して、出来れば恩返しをしなさいってことだなと思うよ」

「戦争はわれわれに何をしてくれるのかね。あ、いけね。二人の女の人が来たよって報告に来たのに。喋り込んで、ごめんな。じゃ」

「ありがとう、ほんとにありがとう。あ、それから二人来たうちの若い方の人って、すごく綺麗な人じゃなかったか」

「いや、衣裳がマスクみたいになっていて、顔は眼しか見えなくて、わからなかった」

「そうか、僕も去年、一回挨拶しただけなんだ。弘前の人らしい」

「ふーん。もしも会えたら聞いとくよ。じゃ」


津軽の静けさに対応するかのように、東京の宮城を中心に円形にひろがる丸の内から九段にかけてのビル街も、通勤する人達がめっきり減ったせいか、しんと静まり返っていた。

もんぺ姿に防空頭巾を背負い、サツマイモが一つごろんと入っている弁当箱をさげての通勤は、沙耶子が女学校時代に思い描いた黒のロングスカートに中ヒール、つば広の帽子に黒のバッグという職業婦人《ビジネスガール》とは似ても似つかぬスタイルであったが、生きてるだけで幸せなんだと思わなくてはいけないのだと自分に言いきかせて我慢した。沙耶子だけではなかった。東京駅から黙々と歩いて会社へ赴く勤め人の全部が、そう感じているに違いなかった。ビルの屋上からは、遠く下町の焼野ケ原が望見出来た。それは戦争の不幸の巨大な象徴であった。積み上げた遺体を焼く煙がやっと近頃は見えなくなっていた。

新人講習を終えた沙耶子は、銀行の業務の現場ではなく、総務部の秘書課に配属された。幼い頃から長唄、舞踊、三味線を仕込まれて、あの聖太の家の横にあった町内の子供達の遊び場の路地にもあまり行かなかった沙耶子だったが、さすがに立居振る舞のどこかに、優しいしなやかさが、ひょいと顔を出し、他のいわゆるオンナノコとは違っていた。

朝最初の仕事は、少し遅れてやって来る会長にお茶を出すことであったが、この会長は伯爵家の出身だとかで、お茶の味にうるさいことで、女性行員の間で嫌がられていた。お茶の葉さえ容易には手に入らない時代なのに、熱いだのぬるいだの濃いだの薄いだのと、毎朝必ず文句をつけるのだった。

配属されたその日に、先輩秘書達からその話を聞かされ、新人だからご挨拶代りにやりなさいと言われて翌朝からお茶を出したが、噂通りの嫌味な文句ばかりが続いた。

朝不愉快な思いをすると、一日中仕事が面白くないのは人間の通例である。会長室には銀行の内外からひっきり無しに人がやって来る。秘書の心得の第一はほほ笑みであることを、新人講習の時から教え込まれていたが、人が来る度にお茶を出すのが気が重かった。会長だけは専用の茶碗を使ったが、どんな顔をして飲むだろうかと、出す度毎に気にかかった。こんな仕事をするために、女学校を出たのではなかったと思うくらい後悔した。

ある朝、会長用の茶碗にお茶を注いでから、いったい、どう淹れりゃいいのよと、癪にさわるあまり、右手の人差し指をお茶の中に突っ込んで、ぐるぐる掻き廻した。あちちと抜き取って、指を自分の口の中に入れて、濡れたお茶を舐めた。そして、知らん顔をして、おはようございますと言いながらお茶を勧めた。いつものように一口飲んだ会長が叫んだ。

「うまいっ。おいしいねェ、今日のお茶は。今まで飲んだことがないよ。うまいねェ」

以来、秘書全員が会長のお茶は、人差し指を突っ込んで掻き廻してから出すことにした。

「これを無線室に。至急で」

ある日、会長から渡された㊙と上書きされた数枚の書類を、沙耶子は最上階にある無線室へ届けるよう命じられた。空襲による通信機能の喪失や働き手の徴兵や工場への動員など、日に日に悪条件が重なった上に、電話は市外へはいつつながるかわからず、郵便も当てにならない状況では、東京以外にある支店や地方本店との交信は、専用線に頼る他はないが、それによる事務量も満杯とあっては、新設の無線が情報の送出や受信の量は少なくても、確実ではあった。

しかし、設備は整っても、機械を操作出来る人員は皆無に等しく、中年以上で、しかも再召集でまた兵隊にとられる心配の少ない行員を教育して養成したが、若い人のようにはいかなかった。無線室で働いている十人のうち九人までが、五十歳前後の行員ばかりであった。

残りの一人は、この四月に入行した若い人で、言ってみれば沙耶子と同期生だが、工業専門学校出身なので、年齢は三歳ぐらい上であった。理工系は兵役が文系よりも多少遅れるので、兵隊に取られるまでに、あと一年ぐらい余裕があるので、無線係のおじさん行員の訓練係として採用されていた。

「神様《かみ》、これお願いします。会長室です」

沙耶子が神様と言ったのは、彼の名前が神博《じんひろし》で、天皇のヒロヒトとは一音違いなところから、おじさん行員達は若い彼を「神様」と呼んで敬意を表しながら指導を受けていたのだった。

「いま一杯なんですけど」

「でも㊙文書です」

「そうか、わかりました。すぐやります」

「すみません、神様。お願い」

「三十分後に来て下さい」

「はい。ありがとうございます」

沙耶子は会長室に戻った。

「行って参りました。三十分後に文書を取りに来て下さいって神様が言いました」

「かみさま?」

「え、あ、無線の方のお名前です」

「あ、神君《じん》のことね、カミサマね、成る程ね。うん、本当に神頼みだよね。彼がいなくては銀行全体が動かないからね」

「でも、神というのは珍しい苗字ですね」

「そう、東京にはあまり無いね。でも東北へ行くと、殊に青森県の方にはね。私の大学時代の友達にも一人いたよ。今何してるかな」「へえー、そうなんですか」

「思い出したよ。一工藤、二成田、三佐々木と言って、苗字の多い順番らしい。その次あたりが神かもしれないって彼言ってたな。津軽の方の出身だったたな、確か」

「弘前も津軽ですか」

「ひろさき？　よく知ってるね。津軽の中心だよ。一応行ったけど、お城がある綺麗な街だった。岩木山が見事だったな。城の天守閣のところから眺めたんだけどね」

沙耶子は三十分を待ちかねて無線室へ行った。昇りのエレベーターの中で、津軽、弘前、岩木山、お城、そして聖太という言葉が頭の中で錯綜した。

「打っておきました。返信はこれです」

「ありがとうございます。あの……神様は東北のご出身?」

「え、よく知ってますね」

「会長が神というのは青森のあたりに多いと」

「そうですか、そう言われればそうです」

「弘前ですか」

「いえ、浪岡です。弘前の隣、地続きです」

「弘前には高等学校があるでしょう」

「ええ、青森県の最高学府です」

「弘前のどの辺ですか」

「え、さあ、何か」

「いえ、ちょっと」

「お昼休みに調べておきましょうか」

「お昼はここでお食事を」

「いえ、昼は抜きです」

「今日だけ」

「いえ、いつもです。ハハハ、特に空襲で焼け出されてからはです」

「空襲？　三月十日の」

「ええ」

「……私もそうです……」

「えっ、どこで」

「私の家は亀沢町二丁目でした」

「僕は緑町二丁目、すぐ隣でしたね」

「私は安田公園へ逃げました、両親と妹と」

「僕は両国駅です。ホームの駅員室の中」

「えーーっ。……あ、すみません。お昼に来ます、おいも一本持って。半分ずつでも」

走るように戻った沙耶子は混乱した。ホームの客車には聖太も両親と逃げたはずだ。聖太は他に誰もいなかったと言ったが……少なくとも神さんはいた、駅員室に……偶然か……それにしても、聖太さんはいま弘前に、弘前で育ったらしい神さんは東京に……そして、私は二人を知る。

しかし、僅か半分のお薯《いも》に、ありがとうございますと深く頭を下げ、薄らと眼に涙を浮かべた彼の姿に、沙耶子はこの人の誠実な人柄を感じ、明日からたとえおいも一つでも、必ずお昼のお弁当を作って来ます、いえ、作らせてくださいと約束した。

「僕は普通の人と違って、たくさんの方の優しい心を戴いて、ここまで成長しました」

と、諸を少しずつ食べながら、ぽつりとつぶやいた言葉も、沙耶子には今まで感じたことがない心の動きを覚えた。

「でも……お父さんとか……お母さんという親には……縁が薄いと言うか……」

涙を見せまいとするのか、悲しみをこらえるように唇を噛む表情を見せまいとするのか、彼は眼をそむけて、切れ切れに言った。

「……どういう……こと……です……か」

「……あの夜から……」

「あの夜って、三月十日の空襲の」

「そうです……母親が……行方不明……なんです……毎日……下町へ探しに行くん……ですが……四か月の間……わかりません」

「……どこまで……ご一緒だったんですか」

「東も南も北も火の手がもう間近に迫っていたんです。家を飛び出した時には。隅田川の方しかなかった。父は勤務の都合でいま青森にいます。母と二人で手をつないで走ったんですが、緑町一丁目の交差点で、物凄い熱風が吹いて来て、手が離れてしまったんです……そこまで」

「……国技館か……緑小学校の方へ……」

「と思うんです……僕は火の粉がひどくて目が開けられないで、気がついたら緑小学校と正反対の総武線のガード下でした。そこから高架の壁づたいに駅へ」

つまり、聖太さんと神さんは北と南の反対方向から駅へ辿り着いたんだわと沙耶子は納得した。

「きっと、お母さまはどこかにいらっしゃるわ」

「そう信じ続けたいんです。僕を育ててくれた両親ですから」

「え、育てた？」

「……ええ……生みの親は僕が生れる前後に相次いで亡くなったそうです。父はなぜか満州で母は急性の結核で……。僕は孤児院で育てられました。小学校へ入学する時、遠縁の親戚……母の方ですが……いることがわかって、引き取って育ててくれたんです、青森県で。東京へ出て来たのは、父の、正確には養父ですが……勤めの関係でした。父も時々上京して母を探してます」

その夜、沙耶子は聖太宛の二通目の手紙を書いた。住所も正確に教えて貰ったし、寮の名称もわかった。ただ自分が居所を転々としたために、聖太さんは返事を書いたに違い無いのに、宛先人不明で多分戻ってしまったんだわと考えた。神博から教わったことも書いた。この方は父親が国策に沿って満州へ行き、黒竜江省という土地で亡くなり、お母さんも産後の肥立ちが悪くて、博さんの生後間もなく亡くなられ、乳児院から孤児院への暮らしを余儀なくされ、就学と同時に母方の遠縁の家の養子となり、その後、私達亀沢町の隣の緑町二丁目に住んだけれども、養父はいま青森県へ単身で赴任中。但し、神さんは一年後には兵役に就くとのことですとも。

「不思議なのは、神さんは両国駅に逃げ込み、階段を上ってホームに行き、誰もいない駅員室で夜を明かしたことです。そのホームに止まっていた客車には、聖太さんとご両親がいらっしゃったのです。そして、私は駅前広場を隔てた安田公園に。あれから僅か四か月後のいま、空襲による不幸をそれぞれ抱えながら、東京下町生れの聖太さんは津軽に、津軽で多くの人の愛を受けて育った神さんは下町でお母さんを探しながら、東京にいらっしゃるのです。こんなに離れた二人の間に、私はいるのです。

戦争のせいなのですね。悲しいわ、戦争って。

暑さに向います、お元気でね。

かしこ」

七　微光への祈り

「如月さ――ん、如月さんいますかァ」

食堂の入口に立って、事務員が叫んだ。

「は――い」

聖太が手を挙げて応えると、彼は走ってやって来た。手に一通の手紙を持っていた。

「如月さん、来たよ。ラブレターが」

渡してくれたのは、あの紫をぼかした封筒だった。やっぱり住所が変ってたんだよと、聖太よりも事務員の方が昂奮していた。

「ありがとう」

まわりの寮生達がラブレターって本当と立ち上った。女人禁制の寮生活を十代の男ばかりで暮らしていると、調理場でご飯に炊き込む蕗や大根を刻むのを一日中仕事にしている六十代近いおばさんの炊事婦だけが唯一の女っ気だったが、寮生はこの人を見ると故郷《くに》の母親を思い出すのか、心が安まった。だからだと思うが、ラブレターの後ろにある若いメッチェンの姿は、一瞬の想像だが、心が浮き立つのだ。

許嫁者《いいなづけ》か！　キッセンはしたか？　などの冷やかしが飛んだ。

「いや、そんな人じゃないんだ。けれど僕には忘れられない人なんだ」

永遠の恋人か？　プラトニックか？　とまた。

「うるせえ、てめえらにわかるもんか」

思わず持ち前の江戸弁を吐くと、聖太は食事もせずに、部屋へ駆け戻った。立ったまま封を切り、鮮やかな記憶となって残っている優しい文字を辿り、最後のかしこまで来ると、最初から何度も読み直した。神博のことが書かれているのを見ると、自分と沙耶子とこの人が、あの呪わしい夜をお互いに目と鼻の先で、死を予期しながら生きていた不思議を感じた。

聖太は便箋を封筒に戻し、押入れを開けて、壁沿いに立たせていた二通の手紙と並べて立てかけ、早足で調理場へ急いだ。

「すいません、お仕事中を」

蕗を刻んでいたおばさんの後ろから声をかけた。おばさんは少し驚いた顔で振り向いた。

「あの……失礼ですが……おばさんは神《じん》さんて言いましたよね」

「んだす」

「この辺は神て苗字は多いですか」

「んだすな、多いってば多いすね」

「いつくど、になるた、さんささちってな」

隣にいた四戸さんが言った。

「ああ。一工藤、二成田、三佐々木でしょ」

「ずん(神)も多いべよ。すもちた(下北)やなんぶ(南部)はすくねどもよ。ちがる(津軽)はわりあいな」

「このあたりに、親がいなくなった子供達を育てている所ありますか」

「えっ、何で急に……遠いけどありスよ。むかすむかすだけんど、わも働いてたっきゃ」

「えーっ、いつ頃」

「ハハハ、とすがわかるっきゃ。昭和のはずめ頃、十五年ぐらい前だきゃ」

「その頃、そこに神博さんて子がいませんでしたか」

「さあね、なにすろ二十人ぐれいいだはんで。わーも働いたというよりも、忙しいと頼まれて手伝いに行ったくれえだったしね」

「食事なんかは」

「昭和……そうね……十三、四年頃までは普通だったね……配給になってからだね、急に駄目んなったのは。そだ、一人生れて間もない赤ん坊が来てね。丁度わーも下の子が生れたばかりだったんで、その赤ちゃんにも、わーのおっぱい呑ませて育てたな。そんだども、うーん、うちの父ちゃんが徴用工で八戸さ引っ張られたんで、わーが働かねばまいねくなったはんで、施設には行かれなくなって、あどはわからんな。あの子もどこかへ行ったなす」

「おばさんの赤ちゃんは。僕と同い年かな」

「いま、予科練さ行っとる」

「えーっ予科練に」

「上の子は兵隊で、この間手紙が来て、近く南の方へ出征するらしい。今は東京の世田谷の連隊にいるとか」

「淋しくないですか」

「すかたねえべ、戦争だはんで。お国のためだもんな……でも、正直言って、夜中にひとりでいると、涙っこ出て来るねハ……ここで書生さん達見てればハァ……わーんとこの子と同じぐれの年だべ……今日は二人ともどうすてるかってな……まいねナ」

「……息子さんにも……学生さんにも……なんとかすて……うめェもん食べさせてェね」

四戸さんがいつもの決り文句を言った時、入口から大きな声が響いて来た。あの送別駅前ストームで総代長役をした寮生だった。

「おーいっ、皆出て来いーっ。長部先生が警察に連行されたーっ」

食事をしていた寮生は一斉に箸や丼を置いて立ち上り、全員裸足のまま飛び出した。先生の官舎は広い校庭の北溟寮とは対角線の端にあった。

「あっ、あれだ」

走っている途中で、裏門の方へ向う三人の人影と黒い車を見つけると、寮生は方向転換して懸命に走った。

「待てっ、待って下さい。先生に何があったんですか」

「うるさいっ。お前らの出る幕じゃないっ」

「先生、先生、どうして」

先生は津軽も夏に入ったというのに、いつものようにきちんと背広とチョッキを着て、紳士然としていた。足を止めて言った。

「諸君、ありがとう。私のことを思ってくれて。私にも理由が全くわからないが、話をすればわかるだろう。すぐに戻って来る、ありがとう。寮に帰って勉強し給え」

授業中と全く変らない調子で、左手の指先をチョッキのポケットに入れていた。そして、悠然と車の中へ入った。先生と叫んで寮生達は車に手を掛けたが、先生はゆっくり頭を上下に振って謝意を表し、車は突然真っ黒な煙を吐いて、田舎道をごとごとと揺れながら走り去った。校長に聞こうと、寮生は一団となって校舎に向って駆け出した。

校長室には学生部長の教授をはじめ、先生達が校長と額を集めて話しあっていた。舎監もいた。まるでドアを打ち破るような勢いで、寮生達は室内に押し入った。

「どうしてですか。長部先生に何があったんですかっ、校長先生っ」

「諸君、静かに。まァそこに座れ」

舎監が制した。寮生達は廊下に座った。

「……正直に言って、私達にもわからんのですよ、あまりにも突然で」

校長が困惑した表情で寮生達の前に立った。

「事前に学校側にも、警察から何の連絡も無かった。我々もたった今、奥さんからの通報で知ったのだ」

「思想問題ですか」と弥次が飛んだ。

「いや、そんなことはない。わが校の教授は大日本帝国という一天万乗の君を天皇と仰ぎ奉って、大御稜威を八紘一宇に照らさんとする国の方針に、全教授一丸となって、少なくとも私が校長となって以来努力して来た。長部先生もその中の一人として教育を行っていたと信じる。いや、必ずそうだったと思う」

「校長先生が来る前は」

「え……うむ……大正の末から昭和のはじめは、全国の帝国大学や高等学校の中には、一部にいわゆるアカと呼ばれた共産主義や社会主義、無政府主義を標榜したり、無産運動や労農運動に走った学生もいたかのように聞いている。この学校にもいだったらしい。しかし、私が来てからは、そのようなことはない」

「先生が変えたんですか」

「いや、私一人でとは言わんが、高等学校は国立だからね、国の方針を尊重せねば……」

「戦争もですか」

突然立ち上ったのは聖太だった。

「長部先生は国の方針に反したんですか。校長先生と仲が悪かったんですか。僕は敵の空襲で家を焼かれ、たくさんの友達を失いました。僕は勉強したいのに、国の方針でちゃんと勤労動員で工場で働きました。それなのに空襲で家を焼かれました。こんな目に会わせるのも国の方針ですか。僕はきちんと従ってるのに」

「いや、それとこれとは。そもそも今度の戦争は米英支蘭のいわゆるＡＢＣＤラインが、我が国を圧迫したのだ。開戦の詔勅でも、天皇陛下は隠忍に隠忍を重ねと仰せられた」

「そのずっと前に、教育勅語で、一旦緩急アレバ……皇運ヲ扶翼スベシと命令してます」

パラパラと拍手が起ったが、突然どかどかと廊下を踏みならす靴音がして、四人の男が入って来た。そして怒鳴った。

「臨検。りんけんをする。責任者は。校長はどこにおるか」

「校長は私だ」

「教師の長部の机はどこか。検査する」

部長教授の英文学の先生がこちらへと四人を職員室へ連れて行った。

寮生は一斉に、

「誰だ、あんた達は」

と叫んだ。静かにと舎監が制し、私服だが警官か憲兵か特高だと、低い声で教えた。四人は長部教授の机を、抽出しまで開け、書類や机上にあった本、原稿用紙の束などを抱えて、再び荒々しい足音を立てて出て行った。

事の始まりから、窓が開いている校長室の外の壁際に立って、じっと聞き耳を立てている人影があった。あの鳥打帽の男だった。

彼等が去ったあとでわかったが、持って行った原稿用紙は、文甲文乙の学生が試験の時に書いた作文であった。担当は長部教授だった。その頃学校は二つの問題を抱えていた。

一つは七月二十日から夏休みに入らなければならないのに、燈火管制とロー勉、教授達の動員先への頻繁な出張などの関係で満足な授業が出来ず、学力不足がひどいことと、四月に入学入寮した一年生の中から、栄養失調の症状の寮生が出始めたことであった。

そのため臨時に試験をして学力の程度を確認し、七月二十日からの二週間を前期の夏休みとし、帰省せずに自習をする寮生には寮と図書館を開放する。八月三日から臨時授業をし、同様の夏休みの措置を八月二十日頃から九月五日まで取り、正式の二学期の始まりは、勤労動員から帰って来る予定の二年生全員を迎えて、九月六日からとする案を決めていた。

また、体調不良に陥った寮生は、汽車の切符を買うために、病院の診断書か家庭からの例えば「チチキトク　スクカエレ」などの電報があれば、学校側が鉄道と交渉して入手するなどの手を打つことにした。

これらのために、七月初旬に試験を行った。文科は外国語英独と論文、理科は英独どちらか一つと物理と化学とした。このうち文科の論文の出題と審査は哲学の長部教授が行い、「国家と個人」「和平は何によってもたらされるか」の二題のうちから一題を選択し、四百字詰原稿用紙に千字までにまとめることであった。これを彼等が臨検で持ち去ったのだった。

見舞がてら病院に行き、聖太は桜館にこの一件を話した。桜館は天井を見つめて言った。

「和平。平和という言葉だな。引っかかったのはそれだ。軍隊とは殺人集団だからな。その逆の何かが日本に起ってるな」

八　燦めく瞬間《とき》

目の前に大きく津軽富士が聳え立ち、裾野から頂上までが真夏の太陽に照らされていた。

田舎道は石がごろごろしていて、高下駄では歩き難かったが、聖太の心はなんとなく軽く、岩木山におーいと呼びかけながら歩きたい気分であった。

左手に持った風呂敷包みの中には、図書館から借りたイソップ童話とグリム童話集、それに賄の神《じん》おばさんが、これさ持ってけ、とつぅ(途中)で腹へったら食べるといがすと言って、渡してくれたふかしたジャガイモ二箇、それに桜館から子供にはもし読んでやるなら聖書よりもこっちの方がいいと勧められた聖書物語が包み込まれていた。聖太はもしかして桜館は聖書を読んで聞かせていたかもしれないと思っていたが、桜館は僕は神父さんでもクリスチャンでもないから、聖書は自分では読むことはあっても、人にあるいは子供達に勧めたことはないよとも言っていた。では座右の書かと聖太は聞いた。

「それに近いことは近いな」

「教会にも行くのになぜクリスチャンに」

「うむ……僕と同じ人はかなりいると思うんだけどな……よく言われるように……イエスの復活が……まだ十分には……信じられないんだな……あそこが信じられないと……クリスチャンにはなれない……聖書のように……あるいはイエスのようには生きられないんだな……長部先生もそこを十分に説明することは、まだ自分にも不可能だし、仏教にも同じ悩みを持っているって話して下さった」

「ふーん、あの先生は正直だよねえ。授業でも、婉曲だけれども、戦争は最低の社会悪、政治悪、人間悪だと仄めかされるし、罹災者の僕の気持ち……戦争はやめろ、人がたくさん悲惨な死を、人間の死ではない死を強いられるからってのを、先生から見れば、幼稚な青二才の話だけど、聞いて下さるもんね」

リンゴ園を渡って吹いて来る津軽野の風に助けられて、聖太はたいして汗もかかずに施設に到着した。約束通り午後二時だった。

「ごめん下さい。弘前高校の如月です」

そう名乗っただけで、園長さんはじめ、玄関で待ち受けてくれていた職員は拍手した。

「ようこそお越し下さいました、ありがとうございます。助かります。委細は桜館さんからのお手紙で承っております」

「えっ、彼からの」

「はい。なにしろ私ども全員津軽弁で、子供達に本を読んでやるのが大の苦手で」

現在、この栄光園では二四人の子が暮らしているが、そのうち県内の子は三人で、読んでいる途中で小学校高学年の他県からの子は、いま、なんて言ったのとか、わかんないよと言い出しますし、最近は東京方面からの、つまり空襲で親を失った子が急に増えまして、いろいろな言葉がまじりあっていますと、園長は正直に言った。そして、声をひそめて話したのは、決してどうしてここへとか、なぜここへとは聞かないで下さい、それが子供達には一番悲しいことなので、それだけで脱走したりしますとのことであった。

「脱走？」

「ええ、この子達は生きることに必死なんですね。この年齢で親がいなくて、一人で生きているんですから。あっちの施設の方が、ご飯が一粒多いという情報が流れたら、集団で脱走するんですよ。何回も逃げてここへ辿り着いたんです。如月さんも空襲にあったそうですが、もしそれをお話しになったら、東京からの子も四人おりますので、くっついて離れなくなって、お母さん探してよ、お父さんはどこって、それこそ帰りには高等学校までついて行きますよ」

聖太の眼から涙の粒がこぼれ落ちた。

「あ、すみません、余計なことを」

「いえ、子供達の気持ち、わかります。僕だって毎日親のことを考えてますもの」

子供達は一番広い部屋の床に座って待っていた。こんにちわァと聖太が入って行くと、こんにちわァと全員が元気良く挨拶した。

「僕は如月聖太と言います。弘前高等学校の一年生です。今まで桜館さんという僕の友達が時々来て、本を読んでくれたり、お話をしてくれていました。覚えてる人」

はあいと半分ぐらいが手を挙げた。

「その桜館さんはいま病気で病院に入院しています。それで僕が代りに来ました」

聖太は易しくて短い話からの方がいいと思い、イソップから読み始めた。桜館からは決して文字や文章を読むな、イメージを作って話せと言われていた。「カラスが一わ木にとまっていました」と読んだら、自分の頭の中にその風景が描かれなくてはいけないし、聞いている子供達も心に同じ風景が作られるように、つまり、絵心《えごころ》と詩心《しごころ》がかんじんだと、経験を話してくれていた。

しかし、民話になると、方言と標準語のアクセントやイントネーションがズレてしまって、子供達が妙な顔をしたり、最後のドントハレを忘れて、子供達が一斉にドントハレと言って、大笑いになったりした。しかし、なんとか約束の一時間を無事読み通した。

ところが、ずっと気になっていたことがあった。窓ガラス越しに水道場が見えるのだが、本を読み始める前から、一人の女の子がずっと休まずに洗濯をし続けている姿があったことだ。話し終って、サヨナラを言うと、すぐに園のおばさんに聞いた。

「あそこでずっと洗濯をしている女の子がいるでしょう、どうしてあの子は来ないんですか」

「ああ、あの子でっしょ。今年の初め頃に警察の人に連れられて来たはんで預ったんですが、困ったのは聾唖《ろうあ》なので、名前や年やどこから来たのかが、全然わからんのですよ。知能にも障害があるはんで」

「体は丈夫なんですか。八歳ぐらいかな」

「んだ。そのくらいだべよ。ただな、洗濯が大好きでな。朝から晩まであやって洗濯ば……自分のだけでなく、他の子のも全部やってくれるはんで、わーたちは助かるけんど」

「皆のもですか」

「んだはんで、子供達はいっつもぱりっとしたもの着られっがら、あの子には朝晩着替える度に、必ずありがとうって言うんだす。そのありがとうはあの子にはわかるとみえて、一人ひとりに必ずにこっと笑って、おじぎを返すんだすな。あれには感心する」

聖太は静かにその子に近づいた。

「こんにちは」

女の子はちらっと聖太を見た。

「皆の洗濯をしてくれて、ありがとう」

聖太が頭を下げると、女の子は洗濯の手を休め、聖太の方を向いて、頭を下げた。聖太は女の子の濡れた両手を取った。夏なのに手は冷たく、まるで真冬に霜焼けが出来ているように、赤く指や手の甲がふくれていた。

「冷たいだろ。ありがとね、ありがとね」

聖太は高校生のバンカラの一部である腰から踵近くまで長く下げた手拭いで、手を拭いてやった。そして、両方の手を合わせた上に、自分の手を覆いかぶせるようにして握りしめた。すると女の子がかすかにほほ笑んだ。

「わいはァ、この子の笑顔初めて見たじゃ」

おばさん達が叫んだ。

「すみません、この子の部屋ってどこに。手を暖めてやりたいんです」

教えられた部屋へ行くと、夜子供達が敷く蒲団が畳まれて積んであった。聖太は上着を脱ぎ、シャツを腕まくりして、肩のあたりまで蒲団の隙間に深く突っ込んだ。その子にも同じようにやってごらんと、後ろから抱くようにして両腕を出させ、蒲団の間に入れてやった。

「少しは暖かいだろう」

反応はなかったが、ずっと入れたままでいることは、多少なりと暖かさを感じているように思えた。四月のはじめに入寮した頃の津軽は、夜になると手が冷たくなるほどの寒さが残る夜があった。さりとて暖房設備は全くなく、四角い火鉢《ひばち》は各部屋にあったが、炭火は三月の学期試験の終了と共に打ち切られる規則であった。春休みに入るせいもあった。

　しかし、寒い夜にしかも燈火管制の暗い部屋の中では、押入れの中のロー勉用のローソクを灯して、その僅かな火に手をかざすしかなく、とても暖房にはならなかった。

　そこで出た智恵は、二年生から教わったのだが、押入れの中段に蒲団を畳んで入れ、立ったまま蒲団の間に両腕を突っ込むことだった。割合短時間で手が少し暖まった。

　一分程して蒲団から手を出させたが、まだ赤味や腫れは残っていた。それを見た聖太はいきなり上着と半袖シャツを脱ぎ、ランニング姿になると、その子の右手を自分の左の脇の下に、左手を右の脇に入れ、自分の両肘をぐっと引きしめた。

夏だったのに、その子の手の冷たさが、一瞬つーんと頭の芯に伝わった。しかし、この瞬間を聖太はもう一つの瞬間とともに一生忘れないのである。それどころか、彼の生きる目標であり、生きている人間であることの存在証明ともなったのである。極めて漠然としているが、青春とはこの漠然とした閃きを、明瞭な光として胸に描ける人生の唯一回の年代なのである。昭和の時代には、それが人とのめぐりあいの中でより良く生きるために製作される場合もあったが、同時に国家そのものと戦争を通して遭遇し、戦場での死によって、少なくとも自分では完全に光を造り終えたと感じる人達もあったのであったし、またそのように教育もされた。まさにそれは天皇と国の為になされた教育だった。

聖太にとってのもう一つの瞬間とは、あの白い木蓮の花の蕾越しに、手を振りあった美しい娘さんとの出あいであった。それは生きる上に絶対必要であり、いま生きていることの最高の証明でもある「美を感受する喜び」の瞬間を持てたからであった。人間の究極の願望であるかもしれない「美しく生きる」生き方は、決して他から、言うまでもなく国家をも含む他から強制されて達成されることはなく、自らの生き方それ自体が、自らの死直前までに自らによって創造されて行くのである。

しばらくそのままの形でじっとしていた聖太を、園長はじめおばさん達は半ば呆れ顔でぽかんと見つめていたが、やがて聖太が力をゆるめ、その子がそーっと手を抜き、そのまま両方の頬に当てて、にっこり笑い、聖太に向って、ありがとうございましたとでも言うように、丁寧に低く頭を下げた時、おばさん達も口々に「ありがとうございました」と頭を下げ、眼もとを指で拭う人もいた。聖太にしてみれば、冬の寒い時に、鉛筆やペンを握る指が冷たくなったら、上着とシャツの間の脇の下に手先を突っ込むと、割合すぐ間に合うぞと、二年生の寮生が教えてくれた生きる智恵の一つだった。

「わいはァ、もうお帰りの時間かや」

一人のおばさんが叫んだ。弘前でも少ないが、田舎ではほとんど見かけない黒塗りの木炭自動車が、もうもうと黒煙を吐いて、畠の向うの土手の上の道にやって来た。園長もおばさん達も子供達も、そして、この子も声を上げたのは、玄関口に来たシスターの姿に対してだった。

「さようなら、お見送りありがとう。今日はたくさんお野菜がとれました。トマト、きゅうり、なす、枝豆、おいもよ。食べてね。またいつか来ます。暑いから気をつけてね」

あ、あの人だと聖太は思った。子供達をかき分けて前に出た。

「暫くです。僕です。覚えてますか」

「え、まあ、この前弘前で。桜館さんの代りの方が来て下さるって聞いてましたけど、あなたが」

「如月聖太って言います」

「桜館さん、いかがですか」

「ここ数日中に転地療養に出るそうですから、多少は良くなってるんじゃないですか」

「そうですか、それはよかった。よろしく」

「伝えますが、どうしてここに」

「時間がありませんので、詳しくは」

「もともとここは明治の終り頃に、函館の修道会が布教を兼ねて、ここに小さな教会を建てたのが、この栄光園の始まりなんです」

園長がそばから助言した。

「それで今でも私達が代る代るここへ来て、農園で野菜を作って、子供達に」

「そうなんですか。でも大変ですね」

「はあ、青函連絡船が危ないって言うし」

「函館までの教会や信者さんが連絡して車や漁船を提供して下さって、やっと。この次いつ来られるか……悲しいです、この子達と」

車がクラクションを鳴らした。

「あ、時間がありませんね、じゃ、みんなさよなら、元気でね。きっとまた来るわね」

子供達が一斉にさよならを叫び、また来てねと言った。あの子も手を振っていた。シスターは畠の中の道を土手の方へ急いだ。

「どういう経路で行くんですか」

「本当はあの若い方のシスターが弘前の育ちなので、前回は弘前の教会に寄ったそうですが」

園長が答えた。そうか、その時偶然病院近くの校門の前ですれ違ったんだと聖太は思った。

「今日は真直ぐ青森へ行って、野辺地《のへじ》まで汽車に乗って、それから最終の大湊《おおみなと》線でどことかまで。私も行ったことがないんで、そこからまた迎えの車で大間《おおま》へ出て、漁船で函館へ……」

「大変だなあ、大間と函館ってのは」

「燈火管制でなければ、お互いの灯が見えるって話は聞いたことがあります」

子供達のさよならの声が急に高くなった。見ると車の脇に若いシスターの姿が現れた。子供達に応えて、手を振った。

「ほんにいいすとだなや、きれいな娘さんだすな」

おばさん達の声を耳にして聖太は似てるなあ、あの人にと思った。あの白い木蓮の人にだった。そのシスターも車に乗った。

えっ、弘前の育ちだってと、瞬間聖太は思い出した。車は出発の煙を吐いた。

「待って下さ――い、待って――っ」

聖太は裸足で走り出した。畠の中の道を叫びながら懸命に走った。手には賄の神おばさんがくれたふかしたジャガイモ二箇が入った風呂敷包みが握られていたが、車はすでに土手の上の道を走っていた。

「待て――っ、待ってくれ――っ」

向うから材木を積んだ馬車が来て、車と道を譲りあったためにスピードを落したので、聖太はやっと追いつき、車は止まってくれたが、聖太は道にへなへなと崩れ折れ、はあはあと肩で息をし、声が出なかった。

車の窓が開いた。若いシスターが外をのぞいた。

「大丈夫ですか……あの……何か……」

聖太は車のドアに両手の手の平をくっつけて、やっと上体を起し、膝で立った。

「これ……これ……あげます……ジャガイモが……二つ……食べてって下さい……」

「まあ……ありがとうございます」

優しい声だったが、運転手がだみ声で
「学生さん、すまんけどな、時間が全く無いはんで……」

と言い、年長のシスターも体を乗り出して、

「如月さん、申し訳ありません。ありがとうございます。原田ともども

御礼申します」

「えっ、この方……原田さんて……弘前の方で……すいません。一つだけ……あなたがいた家に……白い木蓮の花が……咲く木が」

「ごめんな、学生さん。もう間に合わん。車出すはんで」

運転手は荒々しく言うと、車体を二、三度上下にがたつかせてから、強引に発車した。全身から力が抜けて、また道に座り込んだ聖太は、呆然と車の姿が小さくなるのを見送った。しかし、あの人だ、あの人が木蓮の花の向うで手を振ってくれた人だという思いが募って来た。畜生っ、聞けなかったと唇を噛んだ。

その頃、北溟寮と学校では大変な事件が持ち上っていた。聖太が早朝に施設へ向って出発した後で、朝食を摂りながら、寮生の間に発生した問題と行動であった。長部教授の釈放奪還計画であった。焦点は押収された原稿用紙はまだ教授が読んで採点もしていない答案用紙であることがわかったのだ。

寮生はまず校長官舎に押しかけ、校長にこの答案用紙の価値について見解を求めた。校長は何の証拠も持っていないと断言したので、一緒に警察に行くことになった。寮歌を高歌放吟しながら警察に着いた一行は、入口で揉み合いとなったが、まず校長が署長と話しあうことにした。寮生達は玄関に座り込んだ。

一時間足らずで校長は出て来た。手に問題の答案用紙を持っていた。

「警察はわかってくれた。この原稿は学校の財産であり、事前の依頼無しに無断でこれを持ち去るのは、警察の教育権への侵害にならないかということだった、話しあいは」

「先生は」

「いま署長と話してる。もうすぐ出て来るだろう」

「何を調べられているんですか」

「……よくはわからないが……出題の背景らしいが……」

「出題の……国家と個人……それと……なんだっけ……」

「和平が……」

「ずっと前から支那での和平工作なんて言うじゃないか。別に問題には……」

「いや、あべこべの平和というのは、禁句らしいよ、軍隊や警察では。なぜですか先生」

「……うーん、わからない。なんとなく西欧的なキリスト教的な感じがするからかな」

「感じだけで引っ張られちゃたまんねえな」

「でも、天皇陛下とひとこと言えば、全員が直立不動の姿勢になる兵隊さん達もいるぜ」

「しかも、我々の軍事教練は評価に値せずだからな」

「ああ、あの時な。エライ人が落馬してな」

くすくす笑いが起った時、長部先生が現れた。校長と寮生は一斉に立ち上った。

「ありがとう、ありがとう。私は大丈夫だ。君達に励まされた。校長先生、ご迷惑をお掛けしました。話せばわかることでした」

「何を調べられたんですか」と寮生達は歩き始めながら聞いた。

「君達も学問を続ければ、やがてわかって行くと思うが、学問を積み重ねれば、人の心は和やかに穏やかになり、福沢諭吉が言うように、この世の中で最もしてはいけないのは、他人の人格を傷つけることですという言葉の意味を体得します。人間にも社会にも、常に静けさが大切なのです」

ということは、殺しあう戦争は人間の最低の行動だよなと寮生達は囁きあった。

夕闇が迫って来て、岩木山がその全容を津軽野に黒々と覆いかぶせるようになった。寮生達が校長と教授をそれぞれの官舎まで送り、寮に入って食堂で愉快に語りあうまでを、夕景の暗がりの中でずっと見ていた男がいた。


「あの人だわ……きっとそうだわ」

照美《てるみ》は車の中でも、浪岡駅で辛うじて間に合った汽車に揺られながらも、自分に言い聞かせ続けていた。大間から少し大きめの漁船に乗せられて、函館を目ざして津軽海峡を走る頃になって、やっと緊張から少しれた気分になって、シスターに聞いた。

「さっき車を追いかけて来た方は、この前弘前へ行った時に、病院の前でお会いした学生さんではありませんでしたか」

「そうです。弘前高等学校の方で、お名前は確か如月さんとか」

「如月何とおっしゃいますか」

「さあ、そこまでは。ずっと桜館さんという如月さんと学年は同じだけど、年は二つか三つ上の方が、栄光園の子達によく本を読んで聞かせたり、お伽話をして下さったりしに来ていたの」

「クリスチャンでしたの」

「いいえ、聖書をよく読んでいたそうだけど洗礼は受けてないらしいの。その方がお病気で来られなくなって、親友の如月さんが今日はじめて代りに来て下さったのよ」

「弘前の方ですか」

「……よくわからないけれど……話のしかたは……もしかすると、東京の方かも。何か」

「いえ……いい方でしたね」

「そうね。一生懸命で、優しそうで。でもあなたに白い……なんとかって」

「白い木蓮の花が私の弘前の家にあったかって」

「なんのことだったんでしょうね」

「……私の家に……あったんです……白い大きな花が一ぱいに咲く……木蓮が……」

「えーっ……まあ……偶然ね……」

「……はい……でも、木蓮は他にも」

やはりあの人だ。白い木蓮の花越しに手を振りあったのは。あの日は私の最後の日だった。翌日私は函館の修道院に入り、俗世とは離れた祈りの生活に入った。弘前のミッションスクールの学生時代以来の念願だった。

津軽に昭和二十年の八朔《はっさく》が来た。四戸さんや神さんなど、地元の賄さん達の話では、弘前を中心とした地域ではねぷた、青森市の方ではねぶたという大きなだしものが出て、昔は賑わったものだったが、戦争ではねということであった。ねぷたは出陣で太鼓を打ち鳴らし、ねぶたは凱旋で、武者絵の大きな作りものが出て、はねとと呼ばれる大勢の人が踊りまくるという話だったが、聖太にはさっぱり見当がつかなかった。

七月二十日に一旦夏休みに入ったので、近県出身者で帰省可能な学生は親元に帰ったが、学力補充の授業の開始で、二週間で戻って来ていた。それぞれが土産のエッセン（食料）を持って来たので、消燈の櫓太鼓が鳴ったあとも、真っ暗けな部屋ながら、ローソクの光の中で、エッセンしての駄べりで談論が風発した。しかし、万一の空襲による火災に備えて、各棟の両端にある階段の脇には、一階と二階に四斗樽が置かれ、常時水が満々とたたえられていた。

そんな中で桜館孝男が転地療養のため退院し、汽車で療養先へ向う日がやって来た。

病院から弘前駅までは荷車を曳く馬車を頼むことにし、これは寮に木炭を冬に納入する山村の業者に頼んだ。荷車の後方に蒲団を敷いて、前方には材木を少し積んで桜館を寝かせようとしたが、道の凸凹で、寝ているとかえって辛いから、材木に寄りかからせた方が良いねと教えてくれたのは、国立病院の看護婦長の宮藤さんであった。彼女は万一に備えて、先方の療養所まで付添ってくれることになっていた。彼女は高等学校の医務室の主任も委嘱されていて、春秋の身体検査は彼女の計画と指導の下に行われ、一人ひとりの寮生の問診も行っていたから、付添いにはうってつけだった。大東亜戦争が始まった頃、仙台の大きな病院から転勤して来たとのことだった。

駅まで桜館の両脇に宮藤看護婦と聖太が三人で並んで座り、舎監と郷里から迎えに来た桜館の弟、それに桜館と同じ棟の寮友が数人、後についてゆっくり駅へ向った。

青森と秋田の県境に信号所があり、山の中腹だが、単線の列車交換の関係で、午前中に下りが一本、午後に上りが一本臨時停車することになっていた。駅ではなく、線路の枕木を梯形に組み立てただけで駅員もおらず、車掌が降りて乗車券をやりとりしていた。日に数人の近隣の人が利用していた。

「おととい栄光園へ行ったよ、二度目だ」

「ありがとう、君は頼りになる男だなあ」

「いやあ、あの洗濯をする女の子に会いたくてね。あの子の洗濯する姿と、他の子供達があの子にありがとうって言う声が忘れられないんだ」

「僕もだった。ああいうのを純粋な人間関係って言うんだろうなあ」

「人のために生きるっていうのは、いや、人のために生きてこそ人なんだろうな」

「確かに。ここにも一人いらっしゃるよ」

桜館は宮藤看護婦長を見て言った。

「はあっ……なんですか」

宮藤さんが振り向いてびっくりしたような声を出したので、桜館と聖太はあははと笑った。いやなに、こっちのことですと桜館がごまかした。

聖太はそれまで宮藤さんが見ていた方向にちらっと目をやった。すると映画館が道路に出していた近日上映の看板越しに、鳥打帽が見えた。聖太が思わず眼をこらした表情を見て取った舎監に、聖太はあそこにと、あごで看板の方を指した。舎監は素早く鳥打帽を見て、聖太にわかったとでも言うようにうなずいた。

「あの若いシスターなあ、原田さんか」

桜館が何も気づかずに切り出した。

「あの人は君が言う白い木蓮の人だと思うよ」

「……ふーん……僕もそんな気がする」

「えっ、どなたのことですか」

宮藤さんに聞かれて、桜館が白い木蓮にまつわる話を手短かに語った。

「まあ、素敵なお話。きっとその方よ。でもよくお二人は函館と往復出来ましたね」

「連絡船のことを考えると、もうこれからは津軽海峡を渡って来るのは無理だと思います。この間がたぶん最後でしょうね」

「どうやって往復なさったの」

「教会やキリスト教信者さんの助けで、車や汽車、大湊線で。そこから大間までたぶんバスかなんかで行って、それからやはり土地の信者の漁師さんの船で函館へ行くとか言ってました。たぶん来た時もそんな風に」

「そうですか。信仰の力ってたいしたものですね。でも如月さん。十代の青春に忘れられない人に出会ったって、幸せですね」

「そうですかね。でもひとことぐらい」

「それがいいんだよ。ゲーテの言う瞬間《とき》よ止まれ、汝はかくも美しいだ。

僕は誰もいない」

「私でよかったら。こうして一緒に馬車に揺られて。王子様の銀馬車ではないけれど」

「そうだ。帰りに教会へ寄って、桜館さんが転地されたことを伝えておくよ」

駅へ着いた。荷台から降りた桜館は一人ひとりとありがとうを言って握手をしたが、聖太にはいきなり抱きつき、力をこめて言った。

「ありがとう。君と出会えたのが、弘高へ入学した最大の収穫だった。幸せを祈る」

聖太の眼に涙が溢れた。

「きっと良くなって帰って来て下さい。北溟寮は桜館さんを待ってます」

「ありがとう。きっと帰る。四戸さんによろしく。握り飯のことは忘れないってな」

全員で静かに寮歌を低唱した。電話で宮藤さんは駅からどこかへ連絡した。汽車が来た。電話が終った宮藤さんが付添って、桜館は車中の人となった。始発駅の青森から信者さんらしい人が席を取っておいてくれたようだった。発車のベルが鳴った。

「帰って来いよーっ」「待ってるぞーっ」

ホームが見える柵のところで、寮生達は一斉に叫んだ。汽車の窓越しに桜館が手を振っているのが見え、すぐにその手で桜館は顔を覆った。宮藤さんが背中を優しくさすった。

夏の津軽野の夕べの残りの暑さの中に、汽車からの白い蒸気が吸い込まれて、汽笛が遠くに聞えるようになると、聖太は急に淋しくなった。語りあえる友が一人もいなくなってしまった感じだった。

胸のポケットに手をやった。そこには沙耶子から来た二通目の手紙の封筒が、二つ折りにして入っていた。お互いに生きていられた人間同士の偶然の出会い。その心の衝撃が燃え上らせた無意識のあの時の自然な抱擁。いままでに見たことがなかった優しい書き方の文字と女らしい言葉使い、そして薄紫を黄色の地にぼかした封筒。それらが一つになって、素晴らしい追憶の中での沙耶子となり、その面影が戦争で冷え切っていた自分の身心を、こんなにも暖かく蘇生させてくれるとは思わなかった。

しかし、聖太にとって沙耶子は、そして、沙耶子にとって聖太は、お互いに恋人ではなかった。二人は僅か五か月足らず前の三月の十日の夜のあの非人間的な悲惨な死の世界から奇蹟に近い幸運によって脱出し得た直後の最初に出会った生きている人であったのだ。その生きていた、生きているという生命の根源からの衝動が、二人を抱擁させた。二人にとって男と女が抱きあうのは、生れて初めての体験だった。しかも周囲は焼土、焼死体、隅田川に浮かぶおびただしい数の溺死者に囲まれた中での出来事であった。

但し、その時間、聖太は「生」の歓びのみを感じたが、沙耶子は自分が数え年十七歳の「女」であることをかすかに自覚した違いはあった。しかし、お互いが生涯忘れ得ぬ人、または時折ふと思い出しては懐かしむ人になったのは間違いなかった。世の中ではこういう人を、初恋の人と呼ぶのかもしれなかった。

だとすると、聖太は沙耶子と白い木蓮の花の人の二人を、初恋の人として胸に抱くことになるが、それにしては白い木蓮の人はあまりにも遠い面影の人であり、沙耶子にとっては、聖太は小学校時代の同じ町内の男の子であったに過ぎない。ただ生きている事実と意識を共有したのは確かだった。しかし、あの時の「女」の感覚はすでに消えていた。

しかし、交通も通信も戦争によって遮断に近い状態にある時、函館、弘前、東京の距離はあまりにも遠く、心を通わせることも不可能であった。三人の思いは十代の青春ならではの一瞬の心象風景に過ぎなかったようにも思われる。

教会へ寄ると、留守番だという人が現れた。

「一昨日から誰もいませんが伝えておきます。あまり教会に来ないようにと言われています。何かが起っているらしく、警察だという人がちょいちょいやって来ます」

栄光園の住所なども聞きたかったが、聖太はあきらめて、川端の近道を急いだ。神社に近い所まで来た時だった。二人の男が後ろから足早にすっと寄って来て、いきなり両側から聖太の腕を取った。

「如月だな」

低い声で左側の男が聞いた。

「そうですが、何ですかあんた達は」

腕を振りほどこうとすると、男達は一層力をこめて握った。右側が低い声で言った。

「お前、ヤソか」

「……ヤソって……何ですか」

「チリスト教か」

「いえ、違う。チリストって何だ」

「桜館は」

「あんた達誰だ。なんで桜館を知ってんだ」

「ヤソかどうか言え」

「違う。キリストって言えないのか。聖書は読むがキリスト教徒ではない。何するんだよ、離せ。何だあんた達は」

「栄光園さ行ったな」

「誰が、僕がか。行ったよ。子供達に本を読んでやりにな。それがどうしたんだ」

「北海道から女達が来てたろう」

「修道院の人か」

「どういう道順で来たか教えろ」

「知らん。僕には関係ない。一体何の用があるんだ。金が欲しいのか。金なら全く無い。強盗なら大声で人を呼ぶぞっ。誰かァ」

右側の男が手を離して神社の方へ駆けた。

「じんさーん」とその男が叫んだ。

え、じんさん、神さんかと聖太は見つめた。神社の木の間から一人の男が出て来た。あの鳥打帽の人物だった。

「あーっ、あんた」

聖太が駆け出すと、左側の男がシャツを摑もうとしたが聖太はその手を振りほどいた。三人の男たちは一塊になって走った。聖太の高下駄では追いつきそうもなかった。ただ、彼等が走った跡に、鳥打帽が落ちていた。聖太はそれを拾って寮に帰った。

するど、食堂の入口の壁に、白い大きな模造紙に、でかでかと次の様に墨書されていた。

明日八月十五日正午より
ラジオで重大放送があります

寮生全員午前十一時四五分までに
芙蓉堂に集合して下さい
学校長
尚、授業は休講します

聖太は事務室のドアを開けて、重大放送って何ですかと聞いたが、舎監も事務員もわかりません、校長もわからないそうですと返事をされた。聖太は中に入り、舎監に小声で神社付近での一件を話し、鳥打帽を見せた。

「うーん、何かが起ってるんだな。よし、その帽子は預っておいて、取りに来たり、問合せがあったら、私が応対する」

舎監はそう言って、帽子を戸棚にしまった。

食事をすませると、聖太は沙耶子宛の手紙を書き始めた。

「手紙をありがとう。僕からの返信は心配していた通り着かなかったね。でも二通目を手にした時、心の底から喜びが湧き上りました。一通は部屋の奥に飾り、もう一通はいつもポケットに入れています。弘前城へ行く時も、岩木山の美しい姿を眺める時も、満開の桜の下を歩く時も、学校へ行っている間も、いつも一緒です。子供じみてるかなあ。同じ町内で生れ育ったせいだろうと思うよ。こうしてると、孤独な津軽の寮生活も心楽しいものになるから、幼馴染みっていいもんだね。

銀行での仕事には、もうすっかり熟練しましたか。大銀行だから覚えるのも大変だね。

ご両親はお元気ですか。僕の両親は杉並区の方で暮らしています。東京は相変らず焼野ケ原ですか。その点津軽は岩木山をはじめ大自然が静かです。緑一色に包まれています。寮の生活は良い友達ばかりで快適です。

でも明日(八月十五日)正午には何か重大な放送がラジオであるそうです。銀行もそうですか。

それから、無線係の神さんという人。こちらの人に聞いたら、神という苗字は割合多いそうで、寮の賄さんにも、神さんというとてもいいおばさんがいます」

聖太はふとペンを止めた。銀行の神さんは幼い時は孤児院で。賄のおばさんはお乳をよその母親のいない赤ちゃんに呑ませた。養父は青森に単身赴任。職業はなぜか不明。しかし、鳥打帽の不審な男の名は神であることが判明。白い木蓮の花の美しいシスターの苗字は原田。あの不思議な電気の長屋の人も原田さんだった。どこかへ連行されて以来不明。どうして鳥打帽は高等学校の学生につきまとうのか。しかも行く先々にいる。その情報はどこから得るのか。もしかしたらこの人達は、目に見えない糸でつながっているのかも。

そんなことはないなと思っても、東京の下町育ちの自分が、誰一人として知る人がいなかった津軽の弘前で生きていることも、このつながりにかかわる縁の不思議なめぐりあわせの言わば扇の要みたいなものだが、すべてを通して覆っているのは何か。それはとりも直さず戦争なのだと思った。書き終った時、消燈の太鼓が鳴った。真っ暗な中を、聖太は郵便ポストへと走った。物音一つしないしんしんとした真夏の夜だった。しかし、聖太はなんとなく浮き浮きして楽しく、体がぴょんぴょんとはねるような気がしていた。沙耶子と、さんをつけないで、小さな声を出して言った。

聖太が校門を入って寮への道を歩き始めた直後、二つの人影が校門の外を過《よ》ぎった。

桜館を送って帰って来た宮藤看護婦長と帽子を被っていない神だった。

彼がそっと宮藤さんに囁いた。

「戦争が終るよ。どうやら敗けたらしい」

九　真昼の黒弔花《こくちょうか》

早朝から連絡を受けて続々登校した教授達にも、重大放送の意味や内容がわからない不安はひろがっていた。一層の戦意高揚を促す演説なのか、それを誰がするのか。欲しがりません勝つまではの標語が津々浦々までに貼り出されたが、欠乏に耐えて、一億が火の玉となって進めという戦意高揚なのか、それとも遂に皇軍米本土上陸の大勝利の報告か。その一方、広島と長崎に落された新型爆弾によって、一瞬一閃のうちに街は焼土と化し、数万人が人間とは思えぬ形相となって死傷し、今も地獄のままで真夏の太陽の光と熱に晒されているという情報がこの津軽にも伝わっている。あの爆弾が次から次へと落されたらどうなるなど、あまりにも振幅の大き過ぎる話が飛び交った。

「校長先生。全校集合なのに、どうして講堂ではなくて芙蓉堂なんですか」

教授達からの問いに校長は答えなかった。先月の終り頃から、学校や北溟寮周辺に、推測ですが、官憲による不穏な動きがありますという報告が舎監から寄せられていたからであった。何かが起っているようだという予感を校長と舎監の二人は共有していた。長部教授事件の再発は避けたかったのだ。

十一時四五分。全員が芙蓉堂に集った。あまり上等とは言えない四つ足の演台の上に、真空管のラジオが乗せられた。校長や部長教授を中心にして、先生達が台の後ろの壁際に並んで座り、学生達はラジオを三方から囲むように集り、教授達の反対側の壁に沿って、四戸さんはじめ賄さんや熊さん達用務員や事務員が座った。舎監だけが立って、開けた窓越しに学校や校庭や杉並木の方を時々見つめていた。

正午少し前、校長がこれから天皇陛下のお言葉が直接放送されるそうですと告げると、寮生達から、えーっ、ほんとと声が上った。

のちに玉音放送と呼ばれる天皇自身による勅語の朗読が始まった。しかし、三十秒もしないうちに、「天皇ってこんな調子で話すのか」「まるで祝詞《のりと》を聞いているようだ」に始まり、「一体、何て言ってるんだ」「静かに聞け」「意味がさっぱりわからん」などの言葉が次第に高くなり、やがて怒号となって飛び交った。教授や舎監の静かにとか座れという制止は掻き消され、賄さん達は身を固くした。一人の学生が集団の真ん中で叫んだ。

「負けたんだっ、戦争に負けたんだっ」

放送は終った。

「何をっ、何を言うかっ、日本が戦争に負けるはずがないっ」「非国民っ」

「売国奴っ」「いや、今の話は戦争をやめるって言ってたみたいだ」「それは敵が言ってるんだろ」「もっと意味がわかるように、はっきり喋れ」

一人の学生が腹立ちまぎれに、机上のラジオを突き飛ばした。ラジオは畳の上で、ばらばらに分解した。全員が息を呑んだ。

「校長先生、天皇陛下は勅語で何と言ったのか、はっきり説明して下さい」

聖太が立ち上って鋭い声を上げると、

「そうだっ、如月は教育勅語でぶん殴られたんだ。入寮式でそう言ってたっ」

拍手と、そうだそうだ、校長、説明をの声が上った。校長は下を向いてちょっと考えてから、意を決したように立ち上り、よろよろと歩いて、演台に両手を突いて体を支えた。

「諸君……静かにしてくれ給え……いま、謹んで陛下のお言葉を有難くも拝聴する光栄を得ましたが……」

「結論を言って下さい」「有難かったですか本当に。どこが有難かったですか」「勝ったんですか負けたんですか」と再び怒鳴り声が上った時、一人の学生が立ち上って叫んだ。

「校長――っ、俺の父親は一年前に支那で戦死したんですっ。戦争に負けたら、親父は犬死したことになるんですかっ」

彼は腕で眼をごしごしと拭いた。彼は続けた。

「俺は岩手県ですが、入学する前、この冬、おふくろと東京へ行って、靖国神社に参拝しました。戦争に負けたら、戦争が終ったら、親父は家へ帰って来るんですか。家族が頼みもしないのに、なんであんな所へ勝手に祀るんですか。国のためになんで親父は死ななければならなかったんですか。誰がそんなことを決めたんですか。天皇ですか。おふくろの苦労を見ると、俺は学校をやめて、おふくろを手伝って、少しでも楽にしてやりたいくらいです。俺は一体どうすればいいんですか、明日から」

泣きながらの訴えに、校長は絶句した。

「……個人的見解……ではありますが……私は陛下の大御心を……信じています……大御心のある限り、神州は不滅でありますし……万世一系の皇統は……続くと信じます……」

学生達は一斉にわめいた。

「そんなこと聞いてません」「勝ったんですか負けたんですか」「われわれは負けたとしたら、アメリカの奴隷か捕虜になるんですか」「戦場に行ってる兵隊は全員銃殺されるんですか」「学校や寮はどうなるのか、はっきり言って下さい」「天皇は我々にもっと一生懸命やれって言ったんですか」怒号は渦を巻いた。

この四月に東北大学から転任して来た若い教授が校長の横に立った。

「皆さんそれぞれの気持ちはよくわかります。私も同じで、頭の中が混乱しています。しかし、私は法律は専門ではありませんが、今の勅語を聞いて改めて思ったのは、天皇には二つの大きな権限があって、一つは政治の上で元首であること、もう一つは、陸海両軍を統帥する大元帥であることです。今の勅語は大元帥として全軍の兵士に、戦闘行為をやめるようにと言われたのではないかと思います。つまり、ドンパチで敵を殺しあう戦闘はやめるぞと言われたのではないかと思います」

「だとすると、戦争はまだ続いているわけですか」

「戦闘は戦争の一部なのかもしれません。ですから、皆さんの部屋の燈火管制の風呂敷は必要ではなくなります。あれも防戦ですから」

「え――っ、ではロー勉は中止ですか」

「私流に言えばそうなります」

笑い声と大きな拍手が起った。四戸が言った。

「んだばしぇんしぇ。戦争が終ればハァ米は配給でなく、自由に買えるべか」

「さあ、負ければ一層苦しくなるかも」

「ふーん、もう大根や蕗をこの学生さん達にわーは食わせたくないンす。わーは学生さん達に、うめえもん食わせたいす。まいねかナ」

四戸さん、ありがとう、大根めしでも蕗めしでもいいよと寮生達は拍手を送った。

「とにかく情報が足りません。今から先生方に各方面から情報を集めて戴いて、それを検討して今後を考えます。午後四時半に、全員今度は講堂に集合して下さい。解散します」

　校長はやっとそれだけ言うと、教授達に合図して出て行った。寮生達はほとんどが半信半疑で、いま戦闘が終った事実の後にどんな世の中が来るのか見当もつかず、明日も今日までと同じ日なのだろうかぐらいにしか考えていなかった。

　ただ、開け広げた窓際に立って傍聴していた舎監は、寮とブロック塀一つで隣接する広大な兵営が、いつもは戦争中とは思えぬ程静かなのに、騒然たる怒号にも似た音が突然湧き上り、真夏の風に乗って、岩木山の方からこちらへ押し寄せて来るのを感じた。しかし、兵営の中で何が起ったのかはわからなかった。

　指定通りの時間に、教授、学生全員が講堂に集まった。教授達がやや青ざめているのに、学生達はたった今まで勝った負けたの議論を風発させていたとみえ、席に着いてもまだ口をとがらせて喋り続けていた。

聖太はさっき涙ながらに父の戦死や靖国神社について話した岩手県出身の寮生と話していた。他の寮生は昂然としているのに、この二人はうつむきかげんに話していた。

「僕が行った東京の中学は、靖国神社と狭い道路を一つ挟んだ隣に、たぶん今でも爆撃を免れて建っていると思う。一年生の十二月八日の朝に大東亜戦争が西太平洋で始まった。ラジオでそう言ったんで、僕は学校へ行ってすぐ図書室で調べたんだけど、西太平洋なんて地図のどこにもなかった。今日の放送が意味がわからなかったのと同じだ。その何日か後で、境内を掃いていた神主さんがいたんで、この神社に祀られるのは、死んだ人の家族が頼むんですかって聞いたら、お国の方針だって言うんだ。祀られるのは遺骨ですか写真ですかお位牌ですか名札でですかって聞いたら、神様にそんなことを言うんじゃないって怒られた。ハワイの軍神はもう祀られていますかとか、軍人で一番偉いのは誰ですか、東郷さんですか乃木さんですかって聞いたら、天皇陛下だ、君は何年生だって言うから、一年生ですと言ったら、そんなことを聞くもんじゃないって逃げてった。あそこに祀られている人を、皆家族に返してやればいいのにねえ」

「全くだ。俺はずっとそう考えていた。あの神社の中にいる親父は、親父という気が全くしねえんだよな」

校長が緊張した面持ちで登壇した。

「諸君。我々は最大の努力をした。その結果得た結論は、先程芙蓉堂で嵯峨江教授が話された様に、戦闘は終ったということだ。敢て言うならば、負けて終ったのです」

お〜と学生達が声を上げた。戦争はとの言葉も飛んだ。

「詳しくはわからないが、戦闘完全終了後何日か何か月かたって、戦争に参加したすべての国が集って終結の文書に調印した時が戦争終了の宣言らしいことが、第一次世界大戦その他の例から推量出来る」

それからあとが問題なんだと学生達の声が激しくなった。捕虜になるのか、奴隷にされるのか、日本人は皆殺しにされるのかまでも。

「待って下さい。正直に言ってそれは今ここで判断するのは不可能だ。わかるのは第一次大戦後、ドイツ人が一生涯いくら働いても決して返済出来ない程の賠償金を、連合国はドイツに課した。その反動でナチスが生れ、第二次の今度の戦争の引き金になったのではないかと思う。これはあくまでも推測だが、これからは今以上に楽ではないことだけは確かなようです」

学校はどうなるんだ、授業は、勉強はと学生達は立ち上り、講堂内は騒然となった。

「静かに。なにしろ電話の長距離が東京その他にほとんど不可能なので完全ではないが、連絡がとれた範囲から推量して、他の帝国大学や高等学校でも同様措置になると思うが、明日から指示する日まで、学校は閉校する。諸君は一旦各自両親あるいは故郷へ帰って欲しい。汽車賃の無いものは、学校が立替える。学務課へ来て欲しい。但し、寮は今後十日間開く。その間に寮生は身の処し方を考えて欲しい」

校長は苦しさを滲ませながら、やっと話した。陪席していた舎監が解散しようと言った。

学生達が寮へつながる長い廊下を歩いて行った時、異様な光景が展開していた。校門からかなりの人数の男達が走り込んで来て、広い運動場を斜めに走って、裏門から街の方へ一目散に駆けて行くのだ。兵隊であった。走りながら帽子や中には上着を脱ぎ捨てて行く者もいた。左を見ると寮と兵営の境にあるブロック塀に飛びつき飛び越えて、寮の裏手へ逃げる者もいた。

「脱走兵じゃないかっ」

誰かが叫ぶより早く、教授や事務員や熊さん達が表門や裏門へ向って走り、寮生達も廊下のガラス窓を開け、それを飛び越えて、

「止れっ止れっ。ここは学校だぞ——っ」

と叫び、聖太も走って表門へ向った。外の通りにも走っている兵隊がいた。すると、棍棒を振り廻しながら、何かを叫んで、猛スピードで走る一団があった。憲兵の腕章の人もいた。

「戻れーっ、戻れーっ、脱走罪で捕まえるぞーっ、軍隊はまだあるんだーっ」

それを聞いて自分で止まり、元へ戻ろうとする人もいたし、腕を捕まえられたり、中には背中を押されて、転ぶ人もいた。一団の最後方で、

「自分の原隊に戻れ、まだ小隊は編成されている。早く戻れ」

と、メガホンで指示している人がいた。

「あ、あの人だ」

咄嗟に感じた聖太は道路の端から叫んだ。

「神さん、神さんじゃないですか――っ」

彼は聖太を見て、びっくりした顔をした。

「神さんですね、あなたの帽子を拾って持ってます。いま、取って来ます。待ってて下さい」

それを聞くと、なぜかその男は自分ではないという風に手を左右に振ったかと思うと、次には身を翻して、全速力で兵舎の方へ走り去った。

「あの男に会いました。神ていう鳥打帽の人。声かけたら、まるで自分じゃないって感じで手を振って、兵舎の方へ逃げて行きました。棍棒持って、戻れ戻れって怒鳴ってました。一体何が起ったんですか」

「司令部に電話で問い合わせたんだが、昼の放送を聞いた直後、我々がそうだったように、軍隊でも天皇陛下は何と仰せられたのかと、もちろん上級幹部はわかっていただろうが、一般の兵士は、ラジオだけではわからなかった。そこで食事にしたらしいが、そのあたりから大混乱になってきて、我々はどうなるのかということで殴り合いまで始まったので、午後二時半に全員を招集して、師団長が戦争は終り、日本は負けたことを説明したそうだ。そうしたら、三時頃から、軍人は米英軍によって、全員捕虜にされ、銃殺または絞首刑になる。よくても戦場だった国へ連行され、終身労働になる。早く兵役から脱け出すことだという話が一挙に兵隊の間に持ち上り、脱走が始まったとの話だった。陸軍も混乱しているらしい。今も続いているようだ。

わかった。私が今日明日中に帽子は届けておく。君はまだ十代でこの先どうなるかわからんが前途ある身だ。かかわりあわない方がいいと思う。校長とも相談する」

はい、わかりましたお願いしますと事務室を出た聖太だったが、部屋の窓辺に腰掛けて、夕暮れが迫って来た空を眺めていると、ぼんやりと母の面影が脳裏に浮かび、次いで教育勅語事件、空襲、死からの脱出、両国駅での朝、沙耶子とのめぐりあい、満員列車、津軽野、寮の出来事など、僅か去年の秋から十か月しかたたないのに、青春のすべてが十七歳で流れ去り、しかも戦争という大原因も負けて終った。聖太は沙耶子の二通の手紙を読み直した。これと母の面影だけが、僅かに心を暖めてくれた。こんな時に郭公が鳴いてくれたらと思ったが、聞えて来るのは、兵営方面からのざわめきだけであった。寒々とした津軽の夏であった。出来れば一度桜館の見舞と栄光園に行き、二十日頃までに帰省しようと考え、燈火管制の風呂敷を解いて電気をつけた。すべてが終った。

久しぶりの裸電球による読書は嬉しかったが、消燈の櫓太鼓を熊さんが鳴らした時には、全部の部屋から一斉に声が上った。

「もうその太鼓はいらねえんだぞ、熊さん」

「電気は一晩中つけといていいんだぞ」

「戦争も学校も寮も太鼓も全部終ったんだぞ」

声そのものは太鼓よりも大きかったが、その割には、威勢は太鼓の音よりも弱かった。怒鳴ったあとはなんとなく苦笑いがこみ上げていた。寝た途端に、ほとんどの寮生があーあと溜め息をついた。

その深夜であった。寮の入口附近で大音声が轟き、全部の部屋が電気をつけた。

「大東亜戦争戦闘終了紀念！」「日本万歳」「神州不滅！」「吾等の青春は未だ終らず！」「米英撃滅！」「北溟寮は生き抜くぞ！」「大日本帝国と万世一系を守れ！」

ストームだった。雄叫びは寮歌と下駄が廊下を荒々しく踏み鳴らす大騒音に変った。

北の海からよォー
北の海から、飛び出たはよォー
二、三人ずつ肩を組んで列を成したストームは、一つ一つの部屋に乱入した。直ちに同調してストームに加わる寮生もいれば、部屋の入口で押し返して、乱闘になる者もいた。

廊下を走り廻る足音と、各棟の二階への階段の昇り口や踊り場に備えられている防火用の四斗樽に湛えられている水を、バケツに汲んで、ストームの連中に容赦無くぶっかける水の音とが交錯した。全寮はたちまち戦場と化した。

ガシャーン、ガシャーン、窓ガラスが割れた。罵声は無かった。攻める寮生も守る学生も、ひたすら北の海からよーを大声で歌いながら樽の水を浴びての大混戦であった。一棟が終ると、次の棟へ流れ込み、人数を次々に増して行った。しかも誰一人として疲れを知らなかった。底抜けの解放感と絶望感を味わいながら、聖太も踊り続けた。これが求めていた高校生の自由な姿だとも思った。

六棟全部を怒号と歌声と下駄の音、それにガラスの割れる音が絶えず混合して、まるで暴動のような様相を呈しながらストームが突き抜けると、全員が杉並木の下に出た。ずぶ濡れだったが、真夏の夜の暑さに救われた。それよりも寮の入口からこの並木までの間に、街燈が三つもあって、それが明るく道を照らしているのに初めて気がついたことが、それまでの荒々しい心を癒やしてくれた。戦争でなくなると、暗さがこんなにも変るのだという事実を街燈が教えてくれた。

「あ、先生が」

寮生の視線の先に、長部教授がいつものチョッキの三つ揃えを着て現れた。

「いやあ、物凄い音だったな、怪我をした者はいないか。いたら私の家へ行け、医者を呼んでやるから」

教授の舎宅は広い校庭の寮と対角線の位置にあった。

「先生、我々は今後どうなるんですか」

「今はわからない。なにしろ十数時間前に戦闘が遙か離れた大陸や南方の太平洋や島々で終ったばかりだから。私達にとってはたぶん空襲がなくなるだろうと推測するだけだ。

しかし、正式に戦争が終ったあと、たとえどのような苦しみが与えられても、それをはね返すのは、君達十代の高校生、青年だな」

「……先生……」聖太が進み出た。

「僕は半年前の三月十日の空襲で家を失い、いや、B29に奪われました……夜が明けて……見渡す限りの焼野ケ原の上に……道路に……卒業した小学校の校舎の中に……焼き殺されて……真っ黒焦げになった……たくさんの死体を見た時……この戦争が完全に終るまでには……一世紀……百年はかかると感じました」

「正解、まさに正解だ。インドを植民地にしたイギリスが、インド人に教育を施さない政治を取った。私は戦前インドへ行ったが、仏教を含む五千年の文化を持つインド人が、その時も今も、字が読めない人がほとんどだ。恐ろしいことだ。たとえそういう状況に日本が置かれても、君達が許される限りこの弘前高等学校で学んだことを、君達よりも若い人に伝えて行けば、きっと日本人が心を失うことはないだろうね」

「先生。この前の試験の国家と個人という問題の答えですね」

誰かが言うと、そうかやっとわかったと応じた者がいて、笑いが起った。だとすると、和平もひっくり返して、平和でもいいですかと弥次も飛んで、先生、我々に点数を増やして下さい、採点はもうしたんですか、警察が持って行った時はまだでしたがと笑いと拍手も起った。

「その通りだ。これからは平和という言葉が世界中で言われるだろうね。君達には全員百点をつけとくよ」

世界平和万歳！　長部先生百点ありがとう万歳！の声と拍手が真夜中の岩木山を駆け上った。

しかし、その日から以後の弘前と津軽野の中に、長部先生の姿を見た学生は誰もいなかった。舎宅は空家になっていた。その代り学校の長部教授の机の上に、全部１００と赤ペンで採点された答案用紙と掛け軸が置かれていた。展《ひろ》げてみると墨の色も鮮やかに、般若心経《はんにゃしんきょう》が書かれて印が捺され、末尾に「昭和貮拾年八月拾伍日　世界平和の日に　北溟寮寮生諸君へ」と記されていた。

あとの話になるが、授業が再開されても、長部先生の姿は学校にも弘前にも津軽野にも現れなかった。学校側の説明では、仏門に入られたとのことであった。余談だが偶然にも聖太が名古屋で先生の墓を発見したのは、四十年も後のことであった。

翌日聖太は療養所に桜館を見舞った。もしかすると再会は不可能かもしれなかったが、二人は人生最良の友を得た喜びを語りあい、四月以来転地までの思い出を楽しく話しあった。あらためて青春の感動が蘇《よみがえ》り、感動無しに人生はあり得ないのではないかという桜館の言葉は、人のために生きてこそ人と並んで、聖太の生涯にわたる処世観になった。

さらに翌日、聖太は聖書物語と自分が小学生の頃読んだ坪田譲治の善太と三平や宮沢賢治の作品を持って、栄光園へ行った。戦争のことなど全く無関心に、子供達は聖太が読む物語に耳を熱心に傾け、あの子は無心に洗濯を続けていた。聖太を見ると、にこっと笑った。

「この子のお蔭で、僕は人間はどのように生きて行かなくてはならないかを教えられた気がしてるんです。でも、これからこの子はどうなるんでしょうか。食べる物など……」

園長が答えてくれた。

「私どもで世話が出来る限り世話します。食料ですが、確かにいま、たぶん如月さんがいる高等学校の寮でもそうでしょうが、困っています。学校へ行く子が三人いるんですが、弁当を持たせられません。午前中だけで帰って来ます。それでも時々我慢して昼食抜きで午後の勉強もして来ることもあります。一生懸命生きてるんです。ここの子達は。

それにこれはあの函館から野菜作りにおいでになる修道院の方達の話ですが、ヨーロッパでは、特にアメリカ軍の占領地域では、教会とか宗教団体とか奉仕団体が、困っている人になんとか物資という食料を配ってくれるとか」

「えーっ、戦争した相手の国にですか」

「特に子供達にとか、この園の様な所に」

「僕達はアメリカが来たら、捕虜か奴隷か悪くすれば殺されると思っているのに」

聖太はいつものやり方でもう一度あの子の手を暖めてやってから、もし生きていたら、いつかまた来ますと言って、子供達と別れた。読み聞かせをしている時のこの子達の真剣に耳を傾け、眼を見開いて自分を見続ける純粋な表情はこの後聖太の心に深く焼き付けられたのだが、外国の情報が遠くから伝わる経路があるのにも驚いた。

東京へ帰る日が来た。熊さんが日本には何も起らなかったかのように、几帳面に朝の櫓太鼓を叩いた。聖太は飛び起きて挨拶した。

「おはようございます、僕、今日帰ります。長い間お世話になりました」

「そうかい。気イつけてな。それにしても困ったもんだな」

「何が」

「何がって、ハァ、ガラシ(硝子)っこさ」

「ガラシ？　ああ、ガラスね」

「一四五枚も割ってサ」

「そんなに、あのストームで」

「んだサ」

「誰も怪我しなくて、よかったですね」

「んだ。内側から叩いたから、全部棟と棟の間の中庭サ落ちだからよかったんだわサ。んだども、この修理代は誰が？　ガッコかな」

「僕達って言いたいけれど、皆いなくなっちゃうし、学校だってこの先どうなるか」

「んだ。んだども、わーは皆けえって来るのをすんずて、これ全部直すとくきゃ」

「……ありがとう、熊さん……ありがと」

食堂へ行くと、すぐ調理場に声をかけた。

「四戸さーん、神さーん、調理場の賄の皆さーん、長い間お世話になりましたァ。僕、今日帰ります。ほんとうにありがとうございました」

賄さん達が近寄ってきて、また逢おうな、きっと帰ってきんじゃと握手をしてくれた。

「四戸さん、三日前に桜館の見舞に行って来ました。四戸さんのおむすびの味は、一生忘れないって何度も言ってました」

「んだか。よかった」

「もし僕が夢かもしれないけど、たぶん夢だと思うけど、将来一人前の人間になれたら、賄の皆さんを東京に招待します」

拍手と笑い声と「当てにすねで待ってるきゃ」と、陽気な津軽訛りも飛び出た。

「四戸さんはそうしたら何が食べたい？」

「んだナ、わーの一生の願いはサ、帝国ホテルで、最上等のビーフシテーチばサ、ナイフっことフォークっこで、食ってみてんだ。この菜っ切り包丁でなくな」

爆笑がはじけて飛んだ。

「神おばさんは何が食べたい」

「んだナ、わーがこれ食べたら、すんでもえと思ってるのは、あのちっちょうみてな……」

「ちっちょう。ああ、吉兆ね」

「うん、そだ。ああいう立派なお料理屋のサ。すンばらすいお座敷でサ、本式のヌホンリョーリば、腹一ぺー食べてえのサ」

「わかった、帰ったらすぐ予約しとくよ、神さんの名前で。お金は僕が払うから、心配しないでね。はい、一緒に行きたい人」

全員がハーイと手を挙げた。まさかそこさん行っても、蕗と大根と赤蕪だけってことはねえだろね、四戸さん、という弥次に四戸は答えた。

「んだかもすんねえでば」

大笑いしているところへ舎監が来て、聖太にちょっと来いと手招きした。後をついて行くと、事務室に入った。聖太も入ると事務員が冷やかした。

「今日帰るんだってね、会えるね彼女に」

「会いたいけれど、銀行に訪ねて行くより方法がないみたい。電車やバスが動いているかどうか」

「でも東京駅近くの大銀行の本店ならば。わーは銀行には全く関係が無いけんどナ。ほんのちょっぴりぃーびんちょちん(郵便貯金)があるだけだはでハハ」

舎監がここへ座れと椅子を勧めたので、聖太が座ると、舎監は事務員にも聞えない低い声で、

「ゆうべあの帽子を返して来た。君が言う通り、最初門番の兵隊に言ったら、軍隊とは関係無いと言ったので、名刺を出して、私は寮の舎監だ。もし持ち主が現れたら、私に電話してくれと言ったら、どこの所属か調べるから、ちょっと待ってと連絡に行った。待ってたら驚いたねえ、階級はわからなかったが、将校風の人が来たんだが、これが本校の卒業生いや、二浪して入ったが、第一回の学徒出陣で取られ、在学中は柔道部にほんの僅かいたとかで、私のことを知っていた。ただ家が川部の駅近くだったので、寮には入らず、汽車で通学していたそうだ。近く三重県の鈴鹿の連隊に行くところだったそうだ。こうなったら、学校に戻りたいですと言っ

てた。それでだ。こういう帽子を被っていた兵隊か将校はいませんでしたか。もしかしてこの兵営の中でと聞いたら、自分はその人を見たことがないが、特務機関の……」

「特務機関って何ですか」

「よくわからないが、スパイかな」

「スパイ……忍術を使う……」

「まあな。それで自分が責任を持ちます、この兵舎を出て行くまで預かりますと言ってくれた」

「でも、スパイだとしても、なんで学校や教会や栄光園なんかをうろうろしてたのか」

「うむ……戦争に負ける直前からだからな。思想とか宗教を通して……よくわからんが……我々が考える以上の広い範囲の何かが」

「スパイってのは、ピストルぶっ放したり」

「それは活動写真や小説でのことだろう」

「舎監も活動ってまだ言いますか。僕もです。小さい時から。懐かしいなあ」

突然ごめん下さいと言って、ドアを開けた人がいた。栄光園の園長だった。

「あ、間に合った。如月さん、もう汽車に乗ったかと」

「なんで先生」

「いやあ、うちの子達が如月さんにあげたいって絵を描いたんですよ。それをお渡ししたいと思って。丁度弘前へ野菜を運ぶ人がいたんで、乗せて来て貰いました」

聖太は涙で眼が霞んだ。クレヨンがもうなくなりかけているんで、下手

な絵でと園長が助け舟を出すのを、聖太はとんでもないと言って
「ありがたいです。たった四か月半しか津軽にいなかったのに、僕にとっては最高の記念品です。会いたい。もう一度会いたいです」

「あ、これはあの洗濯をする子が描いた絵ですよ。私達も初めて見ました。何が描いてあるのかわかりませんが、一生懸命です」

手にしたクレヨンで、ただ上下左右に滅茶苦茶に線を描き殴っただけだったが、あの子らしい真っ直ぐな心が紙面に溢れていた。

「ありがとう。ありがとう。きっとまた会うよ。先生、皆に言って下さい。元気でいろよって」

「はい、伝えます。あの子達も待ってます」

園長と握手した。唇をふるわせる聖太の背中を、涙の筋を一つ頰に伝わらせながら、舎監がゆっくりとさすった。

「如月、行くぞ」

事務室の外から声をかけたのは、父の死は犬死かと校長に迫った寮生赤川だった。聖太は急いで部屋に戻り、準備していた荷物を抱えると、赤川と二人で校門を出た。舎監と事務員、四戸さん、神さん、熊さんが見送った。園長は用があるからと先に姿を消していた。

「如月。君はまた学校へ戻れると思うか」

「たとえ学校や寮に戻れなくても、弘前か津軽には一度はどんなことをしても来る」

「なぜ」

「忘れられない人が、いや、子供達がいるからだ。出来れば函館へも行きたい」

「北海道へか。なんで」

「一瞬でもいいから、もう一度会いたい人がいるんだ」

「ふーん。俺はたぶん戻りたくても戻れないと思うよ」

「なぜ」

「親父がどこでどんな戦死をしたのかを、徹底的に調べたいんだ。おふくろの為にもだ。親父は絶対家へ帰す。靖国神社になんかやらない。家族で暮らしたい。守ってやりたい」

「我々が生きていればのことだな。舎監の話だと、軍隊でも生きられるかどうかで混乱してるそうだ。アメリカの捕虜か奴隷かで」

「戦場へ行ったうちの親父のような兵隊だけではなく、負けたために日本人全部が男も女も自分の人生どころか、命までも危くなった」

「誰がこの責任をとるんだ。軍隊は国民の安全と生命を守るなんて大嘘だったたな」

「僕はとにかく生きるだけ生きる」

「うん。僕もたとえ捕虜や奴隷にされても生きる」

「結局、戦争ってのは、国民に対する国家の残虐行為以外の何ものでもないな」

「十七歳まで生きられて幸せだったな」

「空腹を除けばな、ハハハ」

「同じでも僕のもう一つの大不幸は、空襲にあったことだな。命以外のすべてを失った」

「俺は親父が戦死したことだ。人生が変った」

「良かったことは何かなあ……」

二人は声を合わせて言った。

「北溟寮に入ったこと！　皆いいヤツだった」

駅前広場は大混乱だった。敗戦が少しずつわかって来た十五日の夕方からであった。整理のために警察も出ていた。群衆は警官に一体戦争は終るのか続くのかと聞くのだが、警官は、

「したこと、わーにはわからん。わーも汽車さ乗って、どっかさ行きてぐれえだ」

と答えるばかりだった。

おやっと聖太は思った。遠くに園長の姿を見かけたのだ。園長は改札口から連なる長い乗客の列を横切って、あの駅前ストームの時に、まだ名前も知らなかった桜館が、警官と憲兵らしき二人の男に何やら話をしたあたりに行った。そこに宮藤看護婦とどういうわけかあの男が鳥打帽を被って、ホームの方を眺めている後ろ姿があった。園長は近づくと何かを二人に手渡した。二人が丁寧に深く頭を下げると、園長は足早に去り、

鳥打帽も姿を消した。あの三人は知りあいの間柄だったんだと聖太は思ったが、舎監が言うスパイがあの鳥打帽だとしたら、どういう関係になるんだとも少し思った。

汽車は満員だったが、窓から乗る程ではなく、青森での乗り換えも、思っていたよりも楽だった。しかし、同じ列車の別の車輌に、宮藤看護婦が乗っていたのを聖太は知らなかった。

盛岡で赤川は降りた。

「きっとまた、北溟寮で会おうぜ」

二人は何度も握手を繰り返した。赤川がホームに降りると、聖太はすいませんと乗客に断って窓から上半身を乗り出して握手した。赤川がまわりの人には構わず大声で寮歌を歌った。聖太も乗り出したままの姿勢で歌った。

あゝ、懐旧の　花散りて
潰《つい》えし　文化の　灯揺《ともしびゆ》らぐ

列車が出発した。

「生きるんだぞう」「生きてみせるぞう」

二人は絶叫しあった。それは十代の青春が自分の心に持ち、なおかつ友に与えることが出来るたった一つの空しい希望の言葉だった。

仙台で宮藤看護婦が降りた。すると三人の私服らしい男が、宮藤さんにすっと寄って来て、階段を降りて行くのを、聖太はちらっと見た。

汽車が喘ぎ喘ぎやっと上野駅に着いた時、黄昏《たそがれ》が駅を包んでいた。駅そのものは、大空襲直後の三月末にここを出て、みちのくへの独り旅に出た五か月前とたたずまいは変っていなかったが、乗客は重そうな荷物を力一杯の形相で担いでいる割には、無口で生気がなかった。どこかおびえている顔つきだった。

聖太は真直ぐに東京のはずれにある父と母がいる家に行こうと思っていたが、上野からならば両国の方が近いと思い直し、かつてのわが家の焼け跡を先に廻ってみることにした。

汽車が東北の山河を通り抜け、大宮から東京都内に入った時には、以前と同じ様に家が建ち並んでいたが、秋葉原から総武線に乗り換えて隅田川を渡るあたりから、聖太は体がなぜか小刻みに震えるのを覚えた。

見渡す限りの焼野ヶ原であった。あの朝、川面はたくさんの死体が浮かび、道路は濃い褐色や生焼けの人は黄色くなってごろごろ転がり、恐ろしさに歩けない程だったのを思い出した。そして、その代償は負け戦であったことに、誰がこの責任を負うのかとむしょうに腹が立った。

家々の焼け跡は無残な姿のままだったが、さすがに五か月もたっていたので、道路の遺体はすべて収容されていた。たぶん公園などに山積みにされて、ガソリンをかけて焼かれてしまったのだろうと思った。聖太はその光景を一度見たことがあった。それは猛烈な悪臭を放ち、人間が住む世界が描く状景ではなかった。作業をしていた人達の中には、あまりのむごさに気を失って倒れる人もいた。

焼土の中にわが家の跡を探すのは容易ではなかった。子供達の楽園だった聖太の家の横の路地は完全に焼土の下に埋もれてしまっていた。

聖太がかつてのわが家の真ん中あたりを、焼け落ちた家財を掻き分けてやっと見当をつけた頃、園長と宮藤看護婦は同じ電報を手にしていた。

「ホンジ　ツヲモツテ　カツド　ウヲチュウシセヨトノツウシンアリ　ナ

ガ　ネンノキョウリョクヲシヤス　ゼンデータヲショウキャクサレタシジン」

焼土は空しさを語るだけだった。弘前からずっと履いたままの高下駄の歯で掻き廻しても、焼けた陶器のかけらで掘ってみても、聖太に懐かしさを少しでも思い起させる物は、何も出て来なかった。父と母の所へ直行すればよかったという後悔だけが胸の底に沸いて来た。四方を見渡しても人影一つ無く、骨格だけになってしまった母校の小学校が悲しげに立っていた。

両国駅まで、来た時とは違う道で帰ることにした。焼けた交番が角にぽつんと立っていたのを、あのおまわりさんはどうしたかなと思い出しながら曲り、電車道に出るとレールは錆びて所々が切れ、電線は無く、電信柱がいやに高々と聳え立っていた。

区役所と震災記念堂の間の子供の頃には毎日のように歩いた道を行き、安田公園に出た。そうだ、沙耶子さんは三月十日の夜、この一角の焼け残った家に逃げたんだっけと思い出し、胸のポケットを押えた。そこには沙耶子から来た二通の手紙が二つ折にして入れてあった。この手紙と今朝園長から貰った園の子供達の図画が、聖太の全財産だった。

隅田川の川っぷちに出た。川上の浅草方面から吹いて来るかすかな風が、夏の黄昏の暑さを和らげてくれていた。

ふと聖太は人の声を耳にした。反対側の道路からのようだった。

「あらっ……聖太さん……じゃない……そうだわ……聖太さーん……私よ……沙耶子よ」

一瞬聖太はわが耳を疑ったが、声の方に目を見開いた。その人は道路を斜めに横切って走って来た。沙耶子だった。聖太は呆然と突っ立ったままつぶやいた。

「沙　耶　子……」

「やっぱり聖太さんね。会いたかった」

沙耶子はいきなり聖太にしがみつき、聖太の胸に顔を埋めた。防空頭巾の無いモンペ姿であった。聖太は沙耶子の背中に両手を廻した。右手には園児達の絵が丸めて握られていた。頬を胸の所にあった沙耶子の髪に当てた。

「私達生きられたのよねえ。生きてるんだわ」

「うん……そう……そうだ……生きてるんだ」

聖太はやっと口がきけた。突然の出会いの感動が聖太のすべての言葉を奪っていた。聖太は左手で沙耶子の手を摑むと、空襲の夜の前から半年以上も人の腰のあたりの高さまで積んだままになっていた大谷《おおや》石《いし》陰に沙耶子を引っ張ってきた。足元から二メートル前には隅田川が流れていた。

「私達って不思議ね、この前……空襲の日の夜明けによ……そこの公会堂の角で……出会って……そして生きようって……お別れしたのも……ここよ……生きていたわね……」

聖太は黙って胸のポケットから手紙を取り出して、沙耶子に渡した。

「……何……これ……」

「手紙……ありがとう……いつも一緒だった」

「えっ私の……いつもポケットに……お手紙の」

「うん、書いたね……それがあると……安心だったって……ありがたかった……ありがとう」

これだけ言うのが精一杯だった。

「そう……ありがとう……嬉しいわ」

沙耶子はまた聖太の胸に額を寄せた。聖太は沙耶子の両肩に手を置いて、半回転させるようにして、沙耶子の背を石積みに寄せかけ、自分も背を石に当てて並んで立った。

「いつ来たの」

「さっき上野へ着いたばかり。真直ぐここへ来た。近いからね。両親がいる所は東京の西のはずれで遠いからね。でも来てよかった」

「学校は」

「通知があるまで閉鎖。再開の見込みなしだ」

「そう、じゃずっと東京にいられるのね。また、会えるわね」

「うん。でも、なんでこんな時間にここへ」

「いま、銀行大変なのよ。あ、何それ」

「これ。その手紙が僕の一番大事な宝物とすれば、これは二番目かな。もっとも今朝弘前を発つ時に貰ったものだけどね」

聖太は丸めていた図画をほどいて沙耶子に渡した。沙耶子は一枚ずつ見ては、石の上に置いた。

「可愛い絵ね、誰が描いたの。でも、これは」

あの洗濯の子の絵だった。

「……その子……言葉も耳も不自由なんだけど……七、八歳かな……戦争や空襲で親をなくした……孤児院の子達でね……その中でその子……体が不自由なのに……皆の分の洗濯物を引き受けて……一生懸命洗濯を続けてるんだ……真夏でも手を赤く腫らしてね……でも、他の子供達がその子に必ず寝る前に……ありがとうって言いに来るんだ……そのありがとうはわかるとみえて……その子にこっと笑って……頭を下げるんだ……僕は将来必ずこの子のように……人のために……生きてこそ人であり……この子のような人になろうと思ってるんだ……絵は何が描いてあるのか」

「素敵……よかったわねえ……そのお嬢さん……天使よ、きっと……でも、聖太さんも素敵……久しぶりにいいお話聞いたわ」

「天使……そうだね……その園は昔北海道のキリスト教の修道院が建てたそうだよ。今でも修道院の人がわざわざ子供達のために、畑の野菜作りに来てる。津軽海峡を渡って」

「ほんとう……北国って……雪国って……素晴らしいじゃない」

「でも、戦争に負けて、これからどうなるかわからないのは、東京も津軽も同じだよ。僕たちもあの子達もね」

「そうね、でも聖太さんは生きてね。私も生きるから」

そう言いながら、沙耶子はあの子の絵をもう一度紙をひろげて見ようとした。その時、隅田川に夜の帳《とばり》が降りて、川風が変ったせいか、ひゅんと一陣の風が吹いた。

「あらっ」

沙耶子が小さく叫んだ瞬間、五枚の絵は手を離れて宙に舞った。二人は慌てて絵を追いかけて、四枚を拾ったが、あの子の絵がなかった。

「あっ、あそこに」

二人が同時に指さした時、あの子の絵は隅田川の川面に舞い降りて浮かび、川下へとゆっくり流れていた。聖太は川っぷちを追いかけた。絵はぷかりぷかりと浮かんで流れた。聖太は下駄を脱いで両手に持ち、裸足になって走った。絵から目を離さずに障害物をよけた。

「聖太さーん」

沙耶子の声が遠くなり、両国橋が近づいた。

「そこにいてくれっ。拾ったら戻って来るーっ」

絵は次第に川岸から離れた。紙に水が浸みて来て、もうすぐ沈みそうになった。そのまま両国橋の下へと入って行った。聖太は全速力で町並みの跡らしい道を走り、両国橋の欄干に出た。絵が橋の下を、少し沈みながら流されて行くのがかすかに見えた。聖太は橋を横断して走り、川下側の欄干から下を見た。

「あっ、あれだっ」

誰もいないのに、思わず指をさしたが、絵はくるくると廻りながら、水の中に引き込まれて見えなくなった。

「ごめーん、ごめーん、ごめんよ——っ」

聖太は欄干に顔をつけ、叫びながら号泣した。夜の闇が聖太をいたわるように包み始めた。

聖太は凝然と川を見つめて立ち続けた。どのくらいの時間がたったろうか。やっとその場を離れ、下駄をぶら下げ、はだしのままとぼとぼと歩いた。

もとの場所へ戻ったが、沙耶子の影はなかった。沙耶子さんと小さな声で呼びながら、石積みのまわりを一廻りしたがいなかった。

石の上にノートを引き裂いた感じの紙が置いてあり、風に飛ばされないようにと、石ころが三つ程乗せられているのが見えた。手に取ると何やら鉛筆で走り書きの字が書いてあったが、暗がりでは読めなかった。沙耶子さんの書き置きだと考えて、聖太は急いで両国駅へ向った。切符を買い、改札口を通り、階段を駆け上がってホームに出た。

五か月前の夜、ここに止まっていた汽車の客車の中へ父と母と三人で、あの猛火烈風の中を、雨と降って来た焼夷弾にも当らずに、辛うじて逃げ込んで命が助かった奇蹟と言うより他にない感慨が、一塊になって体の底から突き上げて来た。

しかしいま、地上からかなり高い所にあるこのホームから三六〇度見廻しても、生れ故郷の下町は、まるで濃い墨汁を太い筆にたっぷりと含ませて、平らにぐるっと円を描いたように、ただ真っ黒に四方にひろがっていただけだった。一点の明りもなかった。言わば敗戦そのものを象徴する様に。


「あの子の絵は無事でしたか。

今まで待ちましたが、駅前に最終の赤バスが来る時間になったので帰ります。これに乗らないと帰れないの。ごめんなさい。

またいつかこの場所で会いませう。きっと会います。

女は髪を切って、男の姿をしろと言われていますが、私は女でいます。女で生きます。
聖太さんも生きて下さい。私も生きます。
私の聖太さんへ

あなたの沙耶子より」

暗がりで急いで鉛筆を走らせたらしく、あの二通の手紙の様な優しい書き方の文字ではなかったが、聖太は結びの「あなたの沙耶子より」の字を、いつまでも見つめた。
自分以外にもう一人自分がいて、その自分は自分と一緒に生きて行ってくれようとしているのだ。こういうのも愛のかたちと言うのだろうと、漠然と思った。

電車が来た。誰も乗っていなかった。発車のベルも鳴らずに、ごとんと電車は出た。

電車はすぐに隅田川の鉄橋にさしかかった。聖太は急いで窓を上げて全開にした。身を乗り出して聖太は叫んだ。夜の闇の中を、黒い川はゆったりと流れていた。

「ごめんな、ごめんな。でも、いつかきっと生きて津軽へ行くからな。それまで一生懸命皆の洗濯をしてやれよ。ありがとう、ありがとうって皆が言ってくれるからな。生きてろよ。みんなとみんなで生きてろよ」

隅田川は去って行った。窓外は再び戦争によって描かれた黒一色の風景画に変った。

鈴木健二
すずき・けんじ

1929年東京下町生まれ。52年NHK入局。翌年から始まったテレビで次々と新境地を開拓、「TVニュース」「こんにちは奥さん」「歴史への招待」「面白ゼミナール」でNHKの視聴率男と呼ばれ、「桂離宮」「東海道新幹線開通」「日食」「黒四ダム完成」「首都高速道路貫通」「アポロ11号月面着陸」等の生中継で博覧強記の国民的アナウンサーとして親しまれる。88年退職一転して社会事業に専念。熊本県立劇場館長となり、過疎で衰退した郷土芸能を完全復元して多くの村おこしを行い、人間皆平等の精神で障害者数百人を含む1万人の愛の合唱「こころコンサート」を全国6ヶ所で企画制作した。98年青森県立図書館長に就任。読書と県民運動に高めて普及させ、自分で考えるを旗印に小学校を巡回して読み聞かせ授業を行う。75歳を機に信条に従ってフリーターを宣言し、全ての職を辞した。その一方『気配りのすすめ』(講談社刊400万部)『男は何をなすべきか』(大和出版300万部)多くのベストセラーを世に贈り、平易な日常哲学は昭和の世代に共感を呼んだ。
テレビ大賞、日本ユーモア大賞、日本雑学大賞、文化庁長官表彰等多数受賞。2016年6月『気くばりのすすめ三四年目―どっこい、まだ生きております』(サイゾー刊)を出版。87歳にして健在ぶりをアピールした。

青春の彩り
―あゝ懐旧の花散りて

2016年10月15日　初版第一刷発行

著者:鈴木健二
発行者:揖斐 憲
発売元:株式会社サイゾー
〒150-0043 東京都渋谷区道玄坂1-19-2スプラインビル3F
TEL:03-5784-0791
印刷・製本:株式会社シナノパブリッシングプレス

ISBN978-4-86625-072-4